इमरोज़ अमृता की

कहानी संग्रह

रोहन कुमार

REDGRAB books
redgrabbooks.com

Published By

Redgrab books Pvt. Ltd.

942, Mutthiganj, Prayagraj, 211003

www.redgrabbooks.com

contact@redgrabbooks.com

First published by Redgrab Books in 2022

Copyright © 2022 Redgrab Books Pvt. Ltd.

Copyright Text © 2022 Rohan Kumar

Printed and bound in India

Cover Design & Typesetting by Redgrab Books team

ISBN :978-93-90944-94-1

समर्पित

मैं अब उतना ही बचा हूँ खुद में
जितना तुमने मुझको छोड़ा था...

आभार

सबसे बड़ा आभार परमपिता परमेश्वर महादेव का, जिनकी भक्ति ने जीवन को एक नयी दिशा प्रदान की।

मेरे माता-पिता जिन्होंने कठिन परिस्थितियों के बावजूद मेरे सपनों को सराहा और हमेशा प्रोत्साहित करते रहे।

मेरा भाई रोहित, जो कि उम्र में मुझसे तीन साल छोटा है, लेकिन जिम्मेदारियों में मुझसे कहीं बड़ा।

जानाँ, जिसके प्रेम से हर कहानी पूरी होती है और अब जिसके साथ ना होने से पूरा जीवन अधूरा रह जायेगा।

भूमिका

“मुझे किसी की ज़रूरत नहीं।”

“किसी की भी नहीं?”

“नहीं, मैं मुक्त हूँ।”

“यह महज़ कहने की बात है।”

“तुम सब बन्धनों में उलझे हुए हो, मैं नहीं हूँ।”

जब ईश्वर ने इस सृष्टि की रचना की थी तो उसने सबसे पहले एक दो सर, चार हाथ और चार पैर वाला जीव बनाया। वह जीव खुश था। फिर एक रोज़ क़यामत आयी और वह जीव दो हिस्सों में बँट गया। तब स्त्री और पुरुष का जन्म हुआ। तब से वह जीव कभी स्त्री के रूप में तो कभी पुरुष के रूप में अपने दूसरे हिस्से को तलाशता है और वहीं प्रेम का जन्म होता है।

मैं मनुष्य रूप में खुद को बहुत ओछा मानता हूँ। मुझे कोई कद्र नहीं, ना प्रेम की, ना ही भावनाओं की। मैं जब भी खुद को देखता हूँ तुम्हें प्रेम करते हुए, मुझे यह सब ढोंग जान पड़ता है। क्योंकि मैं हारा हुआ हूँ। एक हारा हुआ आदमी जो स्वार्थी है। जो सिर्फ़ अपने स्वार्थ का सोचता है और स्वार्थ में डूबे हुए मनुष्य को कोई हक़ नहीं किसी से प्रेम करे।

एक रोज़ यह सब खत्म हो जायेगा। सबकुछ। मैं, मेरा लिखा, मेरी किताबें, मेरा अस्तित्व, और उस रोज़ मैं हो जाऊँगा मुक्त हर चीज़ से।

अनुक्रम

इमरोज़ की अमृता

"ये बेचैनी हौले-हौले मेरा सब निगल जायेगी,

मेरी ज़िन्दगी इन्हीं मशवरों में कट जायेगी,

मुस्कुराऊँ बेवजह तो बोझ लगता है,

मेरी मुस्कुराहट एक रोज़ उदासी में बँट जायेगी।"

उसकी आँखें बहुत सुन्दर हैं। लेकिन अभी कुछ समय से उसकी आँखें बोझिल-सी नज़र आती हैं। पिछले कुछ महीनों से उसका सबकुछ ही बहुत अव्यवस्थित हुआ पड़ा है। थिएटर वह छोड़ चुका है और दिल्ली में उसके पास थिएटर के अलावा दूसरा कोई काम नहीं था। इसलिए आजकल वह बिल्कुल ही खाली रहता है। वह दुखी है। एक समय के बाद तो दुख भी अतीत के पन्नों पर धुँधले अक्षर से नज़र आने लग जाते हैं, लेकिन उसे अपने सारे दुख नये लगते हैं। बिल्कुल ताज़े और हरे। उम्र कोई बहुत ज़्यादा नहीं है उसकी। यही पिछले नवम्बर में तेईस का हुआ था, लेकिन वह मुक्त होना चाहता है, सारे संबंधों से, सारे बंधनों से, सारी इच्छाओं से, सारी अपेक्षाओं से, भविष्य की कल्पना से, यथार्थ की संवेदना से, संसार की भीड़ से, एकांत के नीर से और धारण कर लेना चाहता है, सम्पूर्ण मौन।

रात का आधा पहर बीत चुका था। उसे चाय पीने की इच्छा हुई। वह बिस्तर से उठकर किचन में गया और चाय के लिए साफ़ बर्तन ढूँढ़ने लग गया। पिछले दो दिनों से उसने किचन की कोई सफाई नहीं की थी। सारे बर्तन सिंक में जूठे पड़े हुए थे। उसने सिंक में से चाय का पतीला निकाला और उसे धुलकर उसमें चाय चढ़ा दी। वहीं खड़ा होकर वह चायपत्ती को दूध में अपना रंग छोड़ते हुए देखने लगा। आजकल उसे इस तरह के काम समय व्यतीत करने के लिए सबसे सटीक लगते हैं। उसे इनमें ज़रा-सी भी बोरियत महसूस नहीं होती है।

चाय उबल चुकी थी। उसने एक स्टील के गिलास में चाय छानी और उसे लेकर बालकनी में आ गया। उसने अपनी पैंट की जेब से सिगरेट निकाली और उसे जलाकर कश लेने लगा। तभी उसके फ़ोन पर मैसेज टोन बजा। कुछ लिखा नहीं था बस बड़ी आँखों वाले दो इमोज़ी थे। वह कुछ देर तक उस मैसेज भेजने वाले नाम को देखता रहा फिर बिना जवाब दिए फ़ोन बंद करके जेब में डाल

लिया। एक अजीब सी बेचैनी उसके भीतर उठने लगी थी। उससे रहा नहीं गया और उसने उस मैसेज का जवाब दे दिया, "क्या हुआ?"

उधर से तुरंत जवाब आया, "पहचाना? मैं सुधा।"

सुधा... पाँच महीने बाद आज उसके पास सुधा का मैसेज आया था। उसने अपने फ़ोन में भी उसका नाम बदल दिया था। वह पिछले डेढ़ सालों से उसे जिस नाम से पुकारता था, वह नाम बदलकर उसने बस 'सुधा' सेव कर लिया था।

"ऐसे क्यों बोल रही हो?" उसने कहा।

"बस याद दिलाने के लिए। शायद भूल चुके हो।"

"नहीं! ऐसा नहीं है।"

"तो फिर बात करने की कोशिश क्यों नहीं की उस रोज़ के बाद?"

"बस यूँ ही नहीं करना चाहता था, क्योंकि तुम नहीं करना चाहती थी।"

"अच्छा!"

"हम्म।"

उसके इस मैसेज के बहुत देर बाद तक सुधा का कोई मैसेज नहीं आया। यह सुधा की पुरानी आदत थी। उसके हम्म के बाद बहुत देर तक वह कोई सवाल-जवाब नहीं करती थी।

उसने कुछ देर सुधा के मैसेज का इंतज़ार किया लेकिन जब उसे लगा कि सामने से अब कोई जवाब नहीं आयेगा, वह बिस्तर पर आकर लेट गया। सोने के लिए नींद से लड़ना अब उसकी आदत बन चुकी थी।

सुबह उसकी आँख देर से खुली। समय देखने के लिए उसने फ़ोन उठाया तो देखा सुधा का मैसेज आया हुआ है, "आज फ्री हो? मिल सकते हैं हम?"

उसने तुरंत जवाब लिखा, "नहीं, बिजी हूँ।"

लेकिन वह सुधा से मिलना चाहता था। हर रोज़, बार-बार। उसे यह जवाब नहीं लिखना चाहिए था। उसे सीने में दर्द की अनुभूति होने लगी जैसे पुराना कोई घाव फिर से मवाद पैदा करने लग गया हो। वह मैसेज डिलीट करना चाहता था, लेकिन सुधा ने उसका मैसेज देख लिया था।

"थिएटर क्यों छोड़ दिया तुमने?"

सुधा के इस सवाल का उसके पास कोई जवाब नहीं था। असल में वह खुद भी यह नहीं जानता था कि उसने थिएटर क्यों छोड़ दिया था।

   इमरोज़ की अमृता

“बस ऐसे ही मन नहीं लगता था।” और इससे ज़्यादा कुछ कहने के लिए उसे समझ नहीं आया।

अक्सर वर्तमान में पैदा हुए सवालों के जवाब हमारे अतीत में छुपे होते हैं। लेकिन हम उन सवालों का जवाब ढूँढ़ने के बजाए अतीत का सारा कुछ उलट-पलट देते हैं और अंत में हमारे हाथ में बचती है तो केवल उदासी और उलाहना।

“घर पर कोई बात हुई है क्या?”

“नहीं।” उसके पास सुधा के किसी भी सवाल का कोई जवाब नहीं था। उसने अपना फ़ोन बंद करके रख दिया। वह जानता था कि सुधा यदि इसी तरह उसकी परतों को टटोलती रही तो वह अपना सारा खालीपन उसके सामने रख देगा जो कि वह नहीं करना चाहता था।

दो साल पहले जब उसने ग्रेजुएशन के बाद एक्टिंग को करियर के रूप में चुना तो उसके पिता ने उससे बातचीत बंद कर दी थी। वह कुछ साल अच्छे से थिएटर में काम करने के बाद फिल्मी जगत में काम करना चाहता था, लेकिन आये दिन फिल्मी जगत की नग्नता की खबर से उसके पिता वाकिफ थे। उनके अनुसार यहाँ काम करने वाले लोग चरित्रहीन होते हैं। वे नहीं चाहता थे कि यह दाग उनके परिवार पर भी लगे। उन्होंने पहले उसे समझाया लेकिन जब वह अपने फैसले पर अडिग रहा, उसके पिता ने उससे संबंध तोड़ दिए। माँ से कभी-कभार बात हो जाया करती थी, लेकिन उसका घर पूरी तरह से छूट चुका था। खर्च चलाने के लिए उसने नाइट शिफ्ट कॉलसेंटर में काम करना शुरू कर दिया था।

उसने लक्ष्मी नगर में एक कमरा किराये पर लिया और वहीं एक थिएटर ग्रुप ज्वॉइन किया, जहाँ उसकी मुलाक़ात सुधा से हुई थी। शुरुआत में सुधा उसे अड़ियल और जिद्दी स्वाभाव की लड़की लगी थी, लेकिन साथ वर्कशॉप और नाटक करते हुए उसके मन में उसके लिये भावनाएँ पैदा होने लगी थीं। अब यह प्रेम था या कुछ और वह नहीं समझ पाया था। उसे तो आजतक यह समझ में नहीं आया कि प्रेम असल में होता क्या है? उसने यही सवाल सुधा से भी पूछा था,

“यार सुधा, यह प्यार क्या होता है?”

उसके इस सवाल पर पहले तो सुधा बहुत देर तक हँसती रही फिर अपनी हँसी रोकते हुए बोली, “अचानक से क्या हो गया तुझे? यह सवाल क्यों पूछ रहा है?”

“पहले तू मेरे सवाल का जवाब दे, फिर बताऊँगा।”

“प्यार! प्यार फीलिंग्स है और क्या! अगर किसी के साथ आपका अधूरापन पूरा हो जाता है, तो वह प्यार है।”

“मतलब मुझे तुझसे प्यार है?”

“क्या?”

“यार तेरे साथ सबकुछ ही बहुत अच्छा सा लगता है। मन में बहुत स्ट्रांग फीलिंग्स हैं तेरे लिए।”

“तू मज़ाक कर रहा है न?”

“नहीं यार। मम्मी कसम। आई रियली लव यू।”

सुधा चुप रही।

“कुछ तो बोल!” उसने दोबारा कहा।

“आई लव यू टू।” सुधा ने उसके गले लगते हुए कहा था।

वे दोनों अपनी पहली डेट पर चा बार गये थे। चा बार से निकलने के बाद सुधा उसे ऑक्सफ़ोर्ड बुक स्टोर लेकर गयी, जहाँ उसने उसे “खतों का सफरनामा” किताब दिखाते हुए पूछा, “तुझे पता है, अमृता और इमरोज़ की लव स्टोरी?”

“नहीं। बस अमृता-प्रीतम का नाम सुना है। कोई कवियत्री हैं शायद।”

“हम्म। पता है, इमरोज़ ने अपने घर की दीवारों पर अमृता की पेंटिंग्स लगा रखी हैं, जिन्हें उन्होंने खुद बनाया था। अमृता को रात में लिखने की आदत थी, जब बिल्कुल खामोशी होती थी। इमरोज़ चुपके से उनके कमरे में आते और अमृता की मेज़ पर चाय रखकर चले जाते थे। सालों तक एक ही घर में रहने के बावजूद वे दोनों अलग-अलग कमरों में सोते थे। इमरोज़ के लिए बस अमृता का उनके इर्द-गिर्द होना ज़रूरी था।”

“वाह! टू लव।”

“और नहीं तो क्या! अगर किसी लड़की को इमरोज़ जैसा साथी मिल जाये तो उसे और क्या ही चाहिए होगा!”

“अरे, तो तेरी लाइफ में मैं हूँ न, तेरा इमरोज़।”

“हाँ-हाँ। आया बड़ा इमरोज़। हुह...”

“आया बड़ा क्या? पेंटिंग्स नहीं बना सकता तो क्या हुआ, तेरे लिए ब्लैक

कॉफ़ी बना सकता हूँ। राजमा चावल और पाव भाजी बना सकता हूँ। तू एक काम कर, अपने फ़ोन में न मेरा नाम चेंज करके इमरोज़ सेव कर ले।"

"पागल है क्या? ऐसे ही ठीक है।"

"अरे सच्ची बाबा। अच्छा छोड़, मैं ही चेंज कर लेता हूँ।"

"क्या?"

"इमरोज़ की अमृता।"

"इमरोज़ की अमृता..." उसने दो-तीन बार यह नाम बुदबुदाया और मुस्कुराने लगा।

फ़ोन अभी उसके हाथ में ही था जब उसके फ़ोन पर एक मैसेज फ्लैश हुआ, "विल रीच देयर बाय थ्री।"

वह बिस्तर से उठा और फ़ोन चार्ज में लगाकर घर साफ़ करने में लग गया। दोपहर को निकिता उससे मिलने आने वाली थी। निकिता से उसकी मुलाकात अभी कुछ महीने भर पहले एक ऑनलाइन डेटिंग साइट पर हुई थी। चैट्स पर दोनों को एक-दूसरे को जितना जानना था, वे जान चुके थे। दोनों ही एक-दूसरे से मिलना चाहते थे। उसे किसी से बाहर मिलना ज़्यादा पसंद नहीं था और निकिता को उससे कमरे पर अकेले मिलने में कोई आपत्ति नहीं थी।

सफाई की शुरुआत उसने किचन से की। सिंक में तीन दिनों से बर्तन वैसे ही पड़े हुए थे। बर्तनों से बासी खाने की बदबू आने लगी थी। उसने सारे बर्तनों को रगड़कर साफ़ किया और किचन में झाड़ू लगाकर पोछा मारने लगा।

किचन साफ़ करने के बाद वह कमरे की सफाई में लग गया। सबसे पहले उसने बिस्तर पर बिछी मैली हो चुकी चादर बदली। इधर-उधर फैले कपड़ों को समेटकर अलमारी में रखा। फर्श पर बिखरे पड़े चिप्स और बिस्कुट के पैकेट्स को झाड़ू से साफ़ किया और पूरे कमरे के एक-एक कोने में पोछा लगाया।

पूरा घर साफ़ करने के बाद जब वह ब्रश करने के लिए हॉल में लगे बेसिन के आगे खड़ा हुआ तो एकटक बेसिन के ऊपर लगे आईने में खुद को निहारने लगा। आईने के निचले हिस्से में बहुत सारी छोटी-छोटी बिंदिया चिपकी हुई थीं। सुधा जब भी उसके पास आती तो हर बार अपनी बिंदी वहाँ लगाकर भूल जाती थी। उसने उन बिंदियों को छुआ। उसके पास अभी भी उसका कितना अतीत बचा हुआ था। उसने एक-एक करके सारी बिंदियाँ वहाँ से हटा दीं। उसने चुल्लू में पानी भरा और दो-तीन बार अपने चेहरे पर मारा।

दोपहर को निकिता तय समय से आधा घण्टा देर से उसके कमरे पर पहुँची। काले रंग की कुर्ती, रग्गड़ जींस और माथे पर काले रंग की बिंदी। निकिता फोटो से ज़्यादा असल जिंदगी में खूबसूरत लगती थी। वैसे भी कुछ लड़कियाँ फोटोजेनिक नहीं होती हैं।

"वाओ यार, बड़ी साफ़-सफाई रखते हो तुम तो। जेनेरली लड़के ऐसे रहते नहीं हैं।" निकिता ने उसका कमरा देखते हुए कहा।

"एक्सेप्शन आर ऑलवेज़ देयर।" उसने भी तपाक से जवाब दे दिया।

निकिता अपनी हील्स उतारकर आराम से बिस्तर पर बैठ गयी। उसने निकिता से कॉफ़ी के लिए पूछा तो निकिता ने कॉफ़ी के साथ-साथ मैगी का भी ऑर्डर दे दिया। वह एक अच्छे मेज़बान की तरह किचन में गया और कॉफ़ी के लिए दूध चढ़ाकर, मैगी के लिए प्याज और टमाटर काटने लगा। निकिता किचन में आयी और दरवाज़े से टेक लेकर उसके सामने खड़ी हो गयी।

"तुम पहली बार किसी लड़की से अकेले में मिल रहे हो?"

उसने कुछ देर सोचा फिर हाँ में सिर हिला दिया।

"तभी!"

"क्या हुआ?"

"कुछ नहीं, जब लड़के पहली बार किसी लड़की से मिलते हैं तो उन्हें इम्प्रेस करने के लिए खूब तारीफें करते हैं। लेकिन तुमने ऐसा कुछ भी नहीं किया, सो बस गेस किया मैंने।"

"अरे सॉरी! तुम बहुत खूबसूरत लग रही हो।" उसने झेंपते हुए उत्तर दिया।

निकिता हँसने लगी और बोली, "तुम बहुत क्यूट हो यार!" वह फिर झेंप गया।

मैगी और कॉफ़ी तैयार हो चुकी थी। मैगी की प्लेट बिस्तर पर रखने से पहले उसने बिस्तर पर अखबार बिछाया, जो कि अमूमन वह करता नहीं था। वह निकिता के सामने परफेक्ट जेंटलमैन बनने का दिखावा कर रहा था।

मैगी खाते हुए उन दोनों ने एक-दूसरे से वे बातें शेयर कीं जो वे चैट्स पर नहीं कर पाये थे। निकिता ने उसे अपने बारे में सबकुछ बता दिया। यह तक कि वह अपने पिछले बॉयफ्रेंड के साथ पहली बार इंटिमेट बस में हुई थी, उत्तराखण्ड जाते हुए।

उसने सुधा का कोई ज़िक्र नहीं किया। उसका ज़िक्र होते ही बीता हुआ कल उसके सामने किसी चलचित्र की तरह चलने लगता था। भीतर उठ रही बेचैनी उसके मन को कचोटने लगती थी। वह चुप रहा। चुपचाप निकिता की बातें सुनता रहा।

"तुम सिगरेट पीती हो?" उसने मैगी की प्लेट बिस्तर से हटाते हुए पूछा।

"नहीं। लेकिन तुम चाहो तो पी सकते हो, मुझे कोई दिक़्क़त नहीं।" निकिता कॉफ़ी खत्म करके बिस्तर पर लेट गयी।

उसने सिगरेट जलायी और कश लेने लग गया।

"तुम्हें अपने एक्स की याद नहीं आती है?"

"नहीं! और वैसे भी यार जो होता है अच्छे के लिए होता है। अब देखो, वह मुझे नहीं छोड़ता तो फिर मैं तुमसे नहीं मिलती।"

जो होता है अच्छे के लिए होता है। यह कितना भारी झूठ है। असल में हमेशा जो होता है वह अच्छे के लिए नहीं होता है। हम बस खुद को झूठा सांत्वना दे देते हैं यह कहकर। वह मुस्कुराने लगा।

सिगरेट खत्म करके वह निकिता के बगल में लेट गया। निकिता उसके बालों में हाथ फेरने लगी। वह निकिता के थोड़ा क़रीब हुआ तो निकिता ने अपनी आँखें बंद कर लीं। उसने अपनी उँगलियों से निकिता के होंठों को सहलाना शुरू किया। वह निकिता के साँसों की गरमाहट अपनी हथेलियों पर महसूस कर रहा था। उसकी उँगलियों के स्पर्श से निकिता के होंठ और खूबसूरत दिखने लगे थे। उसने उन्हें चूमना शुरू कर दिया।

उन दोनों के पास एक-दूसरे के साथ बाँटने के लिए अकेलेपन के अलावा कुछ भी नहीं था। उन्होंने वही किया। कपड़े जिस्म की गिरफ्त से छूटने लगे थे। निकिता के बदन की खुशबू उसके बदन पर तैरने लगी थी। वह अपने होंठों से उसके बदन पर प्रेम तलाशने लगा। वह जितनी बार प्रेम तलाशने के लिए अपने होंठों को उसके बदन पर दौड़ाता, वह उतनी बार उसके होंठों की गरमाहट से सिहरकर उसमें सिमट जाती। उन दोनों ने अपना अकेलापन तब तक एक-दूसरे के साथ बाँटा जब तक वह मिलकर पूरा नहीं हो गया।

निकिता उसी तरह नग्न उसके बगल में लेट गयी। उसने निकिता के चेहरे पर बिखरे पड़े बालों को समेटकर उसके कान के पीछे किया और उसे कसकर अपनी बाँहों में जकड़ लिया। निकिता के माथे की बिंदी उसके बदन पर काले

तिल की तरह चमकने लगी थी।

"आई लव यू..." निकिता ने उसका माथा सहलाते हुए कहा।

वह सकपका गया। निकिता को छूने से जो स्थिरता उसके मन में पैदा हुई थी, उसने व्याकुलता का रूप ले लिया। उसने अजीब सी मुस्कुराहट के साथ उसकी ओर देखा और कहा, "आई लव यू टू..."

इस एक वाक्य ने उसके भीतर बेचैनी पैदा कर दी थी। उसने झूठ कहा था। वह उठकर बैठ गया। उसने सिगरेट जलायी और लंबे-लंबे कश लेना शुरू कर दिया।

"इतनी सिगरेट मत पिया करो।" निकिता ने उसकी नंगी पीठ पर दिल जैसी आकृति बनाते हुए कहा।

'इतनी सिगरेट मत पिया करो।' यह वाक्य दो-तीन बार उसके कानों में गूँजा। वह विस्मय से निकिता की ओर देखने लगा, जैसे यह पहले भी हो चुका हो। उसने सिगरेट बुझा दी।

निकिता के जाने का समय हो चुका था। वह उसे छोड़ने के लिए मेट्रो तक गया और उसके जाने के बाद बहुत देर तक वहीं खड़ा रहा। नीचे खड़े होकर मेट्रो की तरफ देखता रहा। कुछ महीनों पहले तक वह सुधा को भी ऐसे ही छोड़ने आता था। अंदर जाने से पहले दोनों लिफ्ट के पास खड़े होकर देर तक बातें करते थे। सुधा ऊपर जाने के बाद बहुत देर तक उसे ऊपर से जाते हुए देखा करती थी।

कमरे पर पहुँचने के बाद वह निढाल सा बिस्तर पर पड़ गया। उसने अपने फ़ोन की गैलरी खोली और सुधा की भेजी हुई तस्वीरें देखने लगा। कितना आसान होता है किसी को खुद से दूर कर देना और कितना मुश्किल हो जाता है उनकी यादों से खुद को दूर कर पाना! अचानक उसकी नज़र एक तस्वीर पर अटक गयी। तस्वीर कुछ साल भर पहले की थी। उस तस्वीर के पीछे के संवाद उसके कानों में गूँजने लगे।

"तू मुझसे इतना प्यार क्यों करता है?" सुधा ने उसके कंधे पर सिर रखते हुए कहा था।

"पता नहीं। कुछ सवालों के जवाब नहीं होते हैं।"

"फिर भी, कुछ तो होगा न?"

"तू मम्मी की तरह लगती है मुझे।" उसने कुछ देर सोचकर जवाब दिया।

"आंटी की बहुत याद आती है?"

“हम्म!”

“अंकल से बिल्कुल भी बात नहीं होती है क्या?”

“नहीं, पापा को लगता है कि मैंने कॉलेज के तीन साल सिर्फ़ उनके पैसे बर्बाद किये हैं। कहते हैं मेरी वजह से मेरे भाई को पढ़ने के लिए बाहर नहीं भेजा। मम्मी को ताना मारते रहते हैं इस बात का।”

निकिता को समझ नहीं आया कि वह क्या कहे। उसने बात बदलते हुए कहा, “अच्छा सुन न, मैंने एक कविता लिखी है तेरे लिए। सुनाऊँ?”

सुधा उसे खुश रखने का हर सँभव प्रयास करती थी।

“हम्म!” और वह अपनी बेमन इच्छाओं से उसके सारे प्रयासों को छोटा दिखा देता था।

सुधा ने उसका हाथ थामा और कविता पढ़ना शुरू किया,

“एक काग़ज़ पर इश्क़ लिखूँ मैं,

दूजे पर नाम तुम्हारा,

सपनों को क़तरा-क़तरा बीनूँ मैं,

देखूँ मैं ख़्वाब तुम्हारा,

पत्तों पर चित्र बनाऊँ मैं,

रंगों में हो एहसास तुम्हारा,

दरिया जैसे थककर थम जाऊँ मैं,

साहिल पर हो अक्स तुम्हारा,

तृषित मृग-सी भटकूँ मैं,

घन सा हो प्रेम तुम्हारा,

मीरा जैसे फिर नाचूँ मैं,

बाँसुरी में हो राग तुम्हारा,

एक आशियाँ बनाऊँ छोटा-सा मैं,

दरवाज़े पर लिखा हो नाम तुम्हारा।”

वह चुप रहा।

"कैसी लगी?"

"अच्छी है। सुन, मैं कमरे पर निकलता हूँ।"

निकिता से पिछली मुलाक़ात को पन्द्रह दिन बीत चुके थे। इस बीच निकिता ने कई बार उससे मिलने को कहा, लेकिन हर बार वह कोई ना कोई बहाना बनाकर टालता रहा था। वह निकिता से अब नहीं मिलना चाहता था। उसने झूठ कहा था और सच कहने की उसमें अब हिम्मत नहीं बाकी रह गयी थी। लेकिन जब आपके ऊपर किसी का कुछ उधार रह जाता है तो आप उसे ज़्यादा दिनों तक टाल नहीं सकते हैं।

निकिता इस बार पूरा वीकेंड उसके साथ रुकना चाहती थी। निकिता साकेत में अपनी रूममेट के साथ रहती थी। उसकी रूममेट वीकेंड पर अपने किसी रिश्तेदार के घर जाने वाली थी। सो उसने अकेले रहने से बेहतर उसके साथ रहना समझा। शुक्रवार की शाम जब वह उसके कमरे पर आयी तो अपने साथ रात का खाना ले आयी थी। खाना खाने के बाद दोनों टहलने के लिए पास वाले पार्क में चले गये। उस समय पार्क में उन दोनों के अलावा और भी कुछ लोग थे। शायद उसके पड़ोसी रहे होंगे, लेकिन वह किसी को नहीं जानता था। बड़े शहरों में भी बड़ा अजीब होता है, एक जगह रहकर भी आस-पड़ोस के लोगों से हम अनजान होते हैं। कुछ कुत्ते वहीं पार्क में करतब कर रहे थे। निकिता उन कुत्तों के पास गयी और उन्हें पुचकारने लगी। कुत्ते भी पूँछ हिलाते हुए उसके इर्द-गिर्द आ गये। वह थोड़ा पीछे हट गया। उसे कुत्तों से बहुत डर लगता था। एक बार जब वह सुधा को मेट्रो छोड़कर कमरे पर लौट रहा था तो कुत्ते उसके पीछे पड़ गये थे। उनसे बचने के लिए वह बहुत देर तक किसी अजनबी के मकान के पार्किंग लॉट में छिपा रहा था।

अचानक आसमान में बिजली कड़की। मौसम बदल रहा था। आसमान में काले घने बादल दिखने लगे थे। शायद मानसून शुरू होने वाला था।

"अभी बारिश आ जाये तो मज़ा आ जायेगा।" निकिता ने चहकते हुए कहा।

"तुम्हें बारिश बहुत पसंद है क्या?"

"बहुत.. पता है, अगर आप साल की पहली बारिश में किस करते हैं तो आपका प्यार सालों साल ज़िंदा रहता है।" निकिता ने उसकी उँगलियों में अपनी

   इमरोज़ की अमृता

 उँगलियों को फँसाते हुए कहा।

प्यार! लेकिन उसके मन में तो निकिता के लिए कोई प्यार नहीं था। हाँ, प्यार के अलावा कुछ था, जिसका वह ऋणी हो चुका था।

उसने आसमान की तरफ देखते हुए ऊपरवाले से प्रार्थना की कि उनके घर पहुँचने तक बस बारिश ना हो। लेकिन बस बोलने भर से यदि ईश्वर हमारी प्रार्थना स्वीकार कर लेगा तो शायद वह अपना अस्तित्व खो देगा। फिर वही हुआ जो नहीं होना चाहिए था- बारिश। निकिता खुशी से झूम उठी। उसने उसका हाथ पकड़ा और उसे एक पेड़ के नीचे ले आयी। अपनी एड़ियों को उठाकर उसने अपने होंठ उसके होंठों के क़रीब कर लिये। बारिश में भीगी हुई उसकी गर्म साँसें उसके मूँछों वाली जगह को छू रही थी। उसने अपनी हथेलियों के बीच उसके चेहरे को ढँक लिया और अपने अँगूठे को उसके होंठों पर फेरने लगी। वह असहज महसूस करने लग गया। वह पीछे हटना चाहता था, लेकिन निकिता के हथेलियों का स्पर्श इतना मजबूत था कि वह खुद को उनसे छुड़ा नहीं पाया। उसने अपनी आँखें बंद कर लीं। वह यह नहीं देखना चाहता था। उसे लगा अगर वह इस दृश्य को अपनी आँखों से नहीं देखेगा तो वह अपने भीतर उठने वाली ग्लानि का भागीदार नहीं होगा।

बारिश तेज़ हो चुकी थी। दोनों पूरी तरह भीग गये। निकिता ने अपने होंठों को उसके होंठों पर रख दिया। निकिता ने उसके मन को चूमा था, लेकिन उसने सिर्फ़ उसके होंठों को।

कमरे पर पहुँचने के बाद जब दोनों सोने के लिए बिस्तर ठीक कर रहे थे तब निकिता ने उससे पूछा, "तुम्हें यह सब ज़बरदस्ती तो नहीं लग रही न?"

"क्या?"

"यही, मेरा इतनी जल्दी तुम्हारे करीब आ जाना और जो कुछ भी हमारे बीच हो रहा है।"

"हाँ, लेकिन उसकी वजह तुम नहीं हो। मैं खुद हूँ। मैं बहुत स्वार्थी हूँ। मैं तुमसे भी बस अपने स्वार्थ के लिए मिलना चाहता था। मैं प्यार नहीं करता हूँ तुमसे। प्यार समर्पण माँगता है और एक स्वार्थी इन्सान किसी के लिए क्या ही समर्पित होगा!" उसका मन कुलबुला उठा लेकिन कंठ से एक शब्द भी नहीं फूटा।

"नहीं, कैसी बात कर रही हो तुम?" उसने कहा।

"पक्का न !"

"हाँ पक्का ।"

निकिता मुस्कुराते हुए उसके गले लगी और उसके माथे को चूम लिया ।

रात गहरी हो चुकी थी मगर उसकी आँखों में नींद नहीं थी । उसने निकिता के चेहरे की ओर देखा । एक सुकून... शांति... ठीक वैसा ही चेहरा जैसा प्रेम में डूबे हुए लोगों का होता है, और उसके चेहरे पर... ग्लानि और घृणा । वह उठकर बालकनी में आ गया । उसकी नज़रें जहाँ तक जा सकती थीं, उतनी दूर तक सिर्फ़ स्याह अँधेरा फैला हुआ था । उसने सिगरेट जलायी और पीने लगा । बाहर दूर-दूर तक सन्नाटा फैला हुआ था और उसके भीतर भारी अशांति थी ।

अगले दिन उसे निकिता के साथ शॉपिंग करने सरोजिनी नगर मार्किट जाना था । दोपहर को खाना खाने के बाद करीब डेढ़ बजे वे कमरे से मेट्रो के लिए निकल गये । मेट्रो में चढ़ते समय उसे ध्यान आया कि वह आज कितने समय बाद मेट्रो में सफ़र कर रहा था । आखिरी बार उसने मेट्रो में सफ़र सुधा के साथ ही किया था, बुक फेयर जाने के लिए । जहाँ सुधा ने उसे अमृता-प्रीतम की एक किताब गिफ्ट की थी, जिसके पहले पन्ने पर उसने लिखा था, "मेरे इमरोज़ के लिए..."

सुधा से बिछड़ने के बाद उसने कमरे से निकलना कम कर दिया था । दोस्त उसके पहले भी कुछ खास थे नहीं और जो थे वे मिलने पर एक ही सवाल करते थे, "यार, कैसे अलग हो गये तुम दोनों ?"

अब इस सवाल का कोई क्या ही जवाब दे सकता है ! दो लोग बिछड़ते हैं क्योंकि उन्हें बिछड़ना होता है । वैसे भी... "वो अफ्साना जिसे अंजाम तक लाना ना हो मुमकिन, उसे इक खूबसूरत मोड़ देकर छोड़ना अच्छा ।"

उसके मन में दुख इसलिए था कि वह अपने और सुधा के रिश्ते को कभी कोई खूबसूरत मोड़ नहीं दे पाया था । दरअसल, असल जिंदगी में कभी कोई रिश्ता किसी खूबसूरत मोड़ पर खत्म होता ही नहीं है । एक टूटा हुआ रिश्ता इन्सान के मन में सिर्फ़ एक कभी ना मिटने वाली टीस छोड़ जाता है ।

लक्ष्मी नगर से आई. एन. ए. पहुँचने में पौना घण्टा लगा । शॉपिंग करना उसे बिल्कुल भी पसंद नहीं था, खासकर लड़कियों के साथ । उसे हमेशा चिढ़ होती थी । वह कभी अपनी माँ के साथ भी नहीं जाता था । दो साल पहले जब वह आखिरी बार अपने घर गया था, तब उसकी माँ उसे पीटर इंग्लैंड के शोरूम

लेकर गयी थी जो उसके शहर में उस समय नया-नया खुला था। माँ ने दसों जींस उलट-पलट करने के बाद एक काले रंग की जींस उसके लिए पसंद की थी। उसे यही चीज़ सबसे बुरी लगती थी।

हालाँकि, निकिता के साथ उसे ज़्यादा परेशानी नहीं हुई थी। शॉपिंग खत्म करके दोनों हल्दीराम चले गये। खाना ऑर्डर करने के बाद जब दोनों बैठे तो उसने कहा, "तुम बाकी लड़कियों की तरह शॉपिंग नहीं करती हो।"

"ऐसा क्यों?"

"मैंने देखा है, लड़कियाँ शॉपिंग करने से ज़्यादा दिमाग मोल-भाव करने में लगाती हैं। लेकिन तुमने एक भी जगह ऐसा नही किया।"

"सच बताऊँ, मुझे बारगेनिंग करनी आती ही नहीं है।" निकिता ने झेंपते हुए कहा।

वह मुस्कुराने लगा।

रात को उन्हें फ्लैट पर पहुँचते हुए नौ बज गये थे। कपड़े बदलकर वह बालकनी में कुर्सी लगाकर बैठ गया। ठण्डी हवा चल रही थी। उसने आँखें बंद कीं और हवा की गुदगुदी अपने चेहरे पर महसूस करने लग गया।

"कॉफ़ी!" निकिता ने उसकी तरफ कॉफ़ी का मग बढ़ाते हुए कहा।

उसने उसके हाथों से कॉफ़ी का मग लिया और वापस से अपनी आँखें बंद कर लीं।

"वैसे तुम्हें पता है, कॉफ़ी पीने से मेटाबोलिज्म बढ़ता है।" निकिता ने उसके थोड़ा करीब सरकते हुए कहा।

उसने कोई जवाब नहीं दिया। निकिता रोमांटिक बातें करना चाहती थी और वह खामोश रहना चाहता था। कॉफ़ी खत्म करके वह कमरे में आ गया और बिस्तर पर लेट गया। निकिता भी उसके बगल में आकर लेट गयी।

"निकिता, तुम्हें अगर पता चले कि मैं तुम्हारे साथ सिर्फ़ फिजिकल होने के लिए हूँ तो तुम क्या करोगी?"

"कुछ नहीं।" इतना कहकर निकिता ने अपनी पीठ उसकी तरफ कर दी।

अगले दो दिन उसके लिए आन्तरिक पीड़ादायक रहे। वह निकिता के होंठों को चूमता, उसके नंगे बदन पर प्रेम तलाशने की कोशिश करता और अंत में ग्लानि लिये बिस्तर पर पड़ जाता। वह अपने भीतर उठ रही वेदना के लिए खुद को दोषी मानने लगा था। उसे अपनी जवानी से नफरत होने लगी थी। वह वापस

से बच्चा हो जाना चाहता था, एक मासूम और पाक बच्चा।

निकिता के जाने के बाद उसे अपना ही कमरा चुभने लगा था। किचन का दरवाज़ा, इधर-उधर बिखरे पड़े पैराहन, गद्दे पर बिछी चादर, कॉफ़ी का मग, सब उस पर जैसे हँसते थे। वह भाग जाना चाहता था, लेकिन कहाँ? घर तो उसका बहुत पहले छूट चुका था। दोस्त उसके पास कुछ खास कभी रहे नहीं। निकिता को वह खुद छोड़ना चाहता था और सुधा! सुधा इतनी दूर जा चुकी थी कि उसका वापस लौटना मुमकिन नहीं था।

"बाबा, इतनी सिगरेट मत पी, प्लीज़।" वह सिगरेट के लंबे-लंबे कश खींच रहा था। सुधा ने उसका हाथ पूरी मजबूती से पकड़ रखा था। यूँ तो सुधा को उसका सिगरेट पीना बिल्कुल भी पसंद नहीं था, लेकिन जब भी वह परेशान होता सिगरेट जला लेता था।

"यार, मैं कल जा रहा हूँ।"

"कहाँ बाबा?"

"पता नहीं। मगर मुझसे अब यह सब नहीं झेला जाता है। मैं तंग आ गया हूँ अपनी ज़िन्दगी से।"

"बाबा, सब ठीक हो जायेगा। मैं हूँ न तेरे साथ।"

"कुछ भी ठीक नहीं होगा। जब ऊपरवाले के बनाये हुए रिश्ते कमज़ोर होते... सब दिखावा है साला।" उसने सुधा का हाथ झटक दिया।

उसने सिगरेट का आखिरी कश लिया और उसे पैरों से बुझाते हुए खड़ा हो गया, "मैं कमरे पर जा रहा हूँ। तू चल रही है मेरे साथ?"

सुधा ने सिर हिलाकर हाँ कहा। वहाँ से दोनों ने बस पकड़ी और कमरे के लिए निकल गये।

उस रोज़ उसके कमरे पर सुधा को महसूस हुआ कि वह जिस बंधन में उसके साथ बंधी है, वह प्रेम नहीं है। सुधा को पहली बार उसके साथ घुटन महसूस हुई थी।

रात को अपने घर पहुँचते ही उसने उसे मैसेज किया, "आई नीड टू टॉक..."

"हाँ बोल?"

"मुझे लगता है कि हमें चीज़ों को थोड़ा ब्रेक देना चाहिए।"

"मतलब?"

“मतलब, हमें कुछ टाइम के लिए अलग हो जाना चाहिए।”

“लेकिन क्यों? अचानक से क्या हो गया?”

“अचानक से कुछ भी नहीं हुआ है। तेरी वजह से अब मुझे एंग्जायटी फील होने लगी है। मैं खुद बिखरती जा रही हूँ तुझे सँवारते-सँवारते।”

“बाबा, तू क्या बोल रही है यह? अभी मैं खुद इतना परेशान हूँ और तू भी साथ छोड़ देगी तो कैसे चलेगा?”

“मैं साथ रहना चाहती हूँ, लेकिन तुझे मेरा साथ समझ कहाँ आ रहा है! सो बेहतर है हम अलग हो जायें।”

“सुधा, आई एम सॉरी एंड आई लव यू।”

“बट आई डोंट... और प्लीज़ अब कोई मैसेज या कॉल मत करना वरना मैं ब्लॉक कर दूँगी।”

“सुधा, सुन तो!”

सुधा ऑफलाइन हो चुकी थी। उसके बाद उसने सुधा को कई कॉल और मैसेज किये लेकिन सुधा ने किसी का कोई जवाब नहीं दिया। कुछ देर बाद उसे सुधा की प्रोफाइल फोटो भी दिखनी बंद हो गयी थी। उसने गुस्से में अपना फ़ोन दीवार पर फेंक दिया। कुछ देर तक वह उसी तरह बैठा रहा फिर उठकर अपना सामान बाँधने लगा।

उसने कमरे के बाहर से ऑटो लिया और कश्मीरी गेट बस अड्डे पहुँच गया। जो बस उसे सबसे पहले दिखी उसकी टिकट उसने कटा ली। मगर बस में चढ़ने से पहले उसके पैर काँपने लगे। वह वापस कमरे पर लौट आया। वह एक रात जैसे सैकड़ों दुख की रात थी।

अगली सुबह उसकी आँख फ़ोन के रिंगटोन से खुली। उसने फ़ोन उठाने के लिए हाथ बढ़ाया, लेकिन तब तक फ़ोन कट चुका था। उसने अलसाई आँखों से देखा निकिता के छः मिस्डकॉल पड़े हैं। उसने कॉलबैक करना चाहा कि इतने में उसका फ़ोन दोबारा बजने लगा। उसके फ़ोन उठाते ही निकिता गुस्से भरी आवाज़ में बोलने लगी, “हैलो! कहाँ रहते हो यार तुम? फ़ोन क्यों नहीं उठा रहे थे?”

“सॉरी! सो रहा था।”

“अच्छा! मैं घण्टे भर में कमरे पर पहुँच रही हूँ, तब तक नहा लो।”

“रूम पर नहीं, सीपी मिलो।”

“तुम कब तक आओगे?”

“दो बजे तक मिलते हैं।”

“ठीक है।”

उसने अपना फ़ोन चार्ज में लगाया और सीपी जाने के लिए तैयार होने लगा। वह आईने के सामने खड़े होकर अपना चेहरा निहार रहा था। उसकी दाढ़ी बढ़ चुकी थी। उसके बाल भी बिखरे से अब उसके कंधे को छूने लगे थे। सुधा को हमेशा से ही उसके लंबे बाल बहुत पसंद थे। लेकिन दाढ़ी, उससे सुधा को बहुत चिढ़ होती थी। कहती, “अभी जवानी भी ढंग से नहीं आयी है और दाढ़ी बढ़ाकर खुद को मैच्योर समझता है!”

उसने अलमारी से सेविंग किट निकाली और दाढ़ी बनाने लग गया। नहाने के बाद उसने काले रंग की शर्ट और नीले रंग की जींस पहनी। बालों को पीछे करके उसने रबड़ से बाँधा और सीपी के लिए निकल गया।

वह डेढ़ बजे ही सीपी पहुँच गया था। बहुत देर तक वह ऑक्सफ़ोर्ड बुक स्टोर के बाहर खड़ा रहा। अंदर जाते ही उसका पूरा बीता हुआ कल उसके सामने था। लौटने का मन हुआ लेकिन पैर अपनी जगह जमे रहे। वह अंदर चला गया। अंदर जाने के बाद वह सीधा उस जगह पर गया जहाँ “खतों का सफरनामा” किताब रखी हुई थी। उसने किताब हाथों में ली और उसके कवर पेज पर उँगलियाँ फेरने लगा।

तभी उसका फ़ोन बजा। निकिता का फ़ोन था।

“हैलो, कहाँ हो?”

“चा बार में हूँ। यहीं आ जाओ।”

“ठीक है।”

उसने किताब को वापस रखने से पहले एक बार फिर उसके कवर पेज को छुआ और आँखें बंद करके मन में बुदबुदाया, “इमरोज़ की अमृता...”

वह चा बार में जाकर बैठ गया। उसने दो बॉलीवुड मसाला चाय का ऑर्डर दिया और निकिता का इंतज़ार करने लगा। करीब दस मिनट बाद निकिता आयी। आते ही वह उसके गले मिली और पूछा, “कैसे हो?”

“अच्छा हूँ।” उसने एक बनावटी मुस्कान के साथ कहा, “मैंने तुम्हारे लिए भी चाय ऑर्डर कर दी है। तुम्हें अच्छी लगेगी।”

“तुम यहाँ पहले भी आ चुके हो?”

“हाँ, एक बार। अपनी गर्लफ्रेंड सुधा के साथ।”

“गर्लफ्रेंड? सुधा?” निकिता यह नाम पहली बार सुन रही थी।

“हम्म। छः महीने पहले मेरा ब्रेकअप हुआ था।”

“तुमने कभी बताया नहीं इस बारे में?”

“हाँ, क्योंकि नहीं बताना चाहता था।”

“क्यों?”

“कोई जवाब नहीं है मेरे पास।”

“अभी भी प्यार करते हो उससे?”

“हम्म।” उसने सिर नीचे किये हुए कहा।

निकिता को महसूस हुआ जैसे उसके पैर किसी सैलाब से टकरा गये हैं। उस सैलाब का पानी उसके पैरों से होते हुए उसकी आँखों में उतर गया।

उसने कहा, “तो मेरे साथ क्या मन बहलाने के लिए थे?”

उसने कोई जवाब नहीं दिया।

“रोहन, कुछ पूछ रही हूँ तुमसे?” उसकी आँखों का पानी उसके गालों पर लुढ़क आया था। उसने उसका हाथ पकड़ा और रुआँसी आवाज़ में कहा, “देखो, मैं तुमसे बहुत प्यार करने लगी हूँ। अगर तुम चाहो तो हम यहाँ से एक नयी शुरुआत कर सकते हैं। प्लीज़ मेरे साथ रहो।”

लड़कियाँ प्रेम में कितनी मासूम हो जाती हैं! जहाँ उन्हें मात्र प्रेम रूपी मरीचिका दिखती है, वहाँ भी वे सम्पूर्ण प्रेम की उम्मीद लगाने लग जाती हैं।

उसने फिर कोई जवाब नहीं दिया। वह अपराधबोध के कारण ज़मीन में गड़ा जा रहा था। उसने निकिता के हाथों से अपने हाथों को छुड़ा लिया। निकिता ने उसकी चुप्पी में अपना जवाब ढूँढ़ लिया था। उसने अपने आँसू पोंछे और बोली, “मैं तुम्हें माफ़ करती हूँ। खुश रहना।”

निकिता जा चुकी थी। वह वहाँ पत्थर के बुत सा बैठा रहा। कुछ देर बाद उसने बिल चुकाया और चा बार से बाहर आ गया। वह जल्द से जल्द अपने कमरे पर पहुँचना चाहता था। उसने ऑटो लिया और सीधा कमरे पर निकल गया।

कमरे पर पहुँचते ही वह किसी निर्जीव शरीर की तरह बिस्तर पर लेट गया। उसने सिगरेट जलायी और पूरी तसल्ली से पीने लगा। वह मुक्त होने जा रहा था।

उसे दुख था कि वह इमरोज़ नहीं हो पाया, लेकिन यह समझ गया कि प्रेम में डूबी हुई हर स्त्री अमृता होती है।

Easy PayDay Loans

यह बात उस समय कि है जब इण्डिया में अमेरिकन स्कैम कॉलसेंटर्स नये-नये खुले थे। लोन, सोशल सिक्यूरिटी नंबर, ग्रांट्स, टेक सपोर्ट और भी ना जाने कितने ही तरीकों से धड़ल्ले से स्कैम चल रहा था। चूँकि, सारे ही प्रोसेस नये थे और अमेरिका में भी लोगों को इसके बारे में बहुत ज़्यादा पता नहीं था तो लोग भी आसानी से स्कैमर्स के झाँसे में आ जा रहे थे। दिल्ली सेंटर था तो सबसे पहले और सबसे ज़्यादा कॉलसेंटर्स यहीं खुले हुए थे। नोएडा, रोहिणी, प्रशांत विहार, गुड़गाँव, अशोक नगर, हब बन चुका था ऐसे कॉलसेंटर्स का। लोगों ने छोटे-छोटे किराये के मकानों में पाँच-छः सीटिंग वाला कॉलसेंटर चलाना शुरू कर दिया था। निवेश कम था और मुनाफा कई ज़्यादा तो लोग जिन्हें थोड़ी बहुत भी अंग्रेजी आती थी, इन कामों में हाथ आज़माने लगे थे।

उसका एलिअस नाम एलेक्स कूपर था। उसका असली नाम कोई नहीं जानता था। वह अपने कॉलसेंटर का सबसे बेस्ट कॉलर हुआ करता था। उसकी कोई भी कॉल अगर दस मिनट से ऊपर चली गयी तो वह बिना सेल दिए नहीं कटती थी।

तीन साल पहले जब वह दिल्ली आया था तो उसके सपने बड़े थे। वह एम.बी.ए. करना चाहता था, लेकिन जब कॉलेज के तीसरे साल उसके पिता की अनायास मृत्यु हुई, उसे पढ़ाई छोड़नी पड़ गयी थी। घर चलाना था, क्योंकि पीछे माँ और छोटा भाई थे। डे शिफ्ट में उसे उतनी तनख्वाह मिल नहीं रही थी कि अपना खर्चा निकालने के बाद वह पैसे घर भेज सके। इसलिए उसने नाइट शिफ्ट में 'इजी पेडे लोंस' नाम का कॉलसेंटर ज्वॉइन कर लिया। पहले महीने में ही उसने डेढ़ हज़ार डॉलर की सेल पूरी की थी जो किसी भी नये कॉलर के हिसाब से बहुत ज़्यादा थी। काम धोखाधड़ी का था, यह बात वह जानता था, लेकिन इतनी अच्छी इनकम वह छोड़ना नहीं चाहता था।

उसकी कम्पनी अमेरिका में उन लोगों को फ़ोन करती थी, जिन्होंने अमेरिका के किसी लोकल कम्पनी में लोन के लिए आवेदन दिया होता था। अपने ब्रोकर्स की मदद से कम्पनी उनके डाटा को चुरा लेती थी और फिर उन कस्टमर्स को फ़ोन करके सिक्यूरिटी और मॉर्गेज के नाम पर पहले महीने का इनस्टॉलमेंट माँगती थी, जो कम से कम दो सौ डॉलर होता था। एक बार कस्टमर पैसे भेजता,

उसके बाद कम्पनी उसे अपने सिस्टम से ब्लॉक कर देती थी।

उसके लिए भी सबकुछ सही चल रहा होता अगर उस रोज़ उसके पास वह कॉल नहीं आया होता। उस रोज़ ऑफिस की कैब उसके लोकेशन पर देर से पहुँची थी। इंतज़ार में उसने तीन सिगरेट बुझा दिए थे। ऑफिस का कॉल टाइम साढ़े सात बजे का था, लेकिन उस रोज़ वह आठ बजे ऑफिस पहुँचा। ऑफिस पहुँचते ही उसने अपना फ़ोन ऑफिस बॉय के पास जमा किया और जाकर अपने सिस्टम पर बैठ गया। सिस्टम ऑन करते ही पहला कॉल उसकी स्क्रीन पर फ्लैश हुआ। उसने तुरंत फ़ोन उठा लिया।

“गुड मॉर्निंग... माय नेम इज एलेक्स कूपर... कॉलिंग यू फ्रॉम इजी पेडे लोंस... हाऊ आर यू डूइंग टुडे?”

“आई एम गुड, मिस्टर कूपर। व्हाट अबाउट यू?” दूसरी तरफ से किसी महिला की आवाज़ आयी।

“आई एम आल्सो गुड मिस... थैंक्स फॉर आस्किंग। सो, आई एम टॉकिंग टू मिस लिंडा ब्राउन?”

“येस...”

उसके बाद उसने लिंडा को कम्पनी के सारे नियम और विनियम समझाए कि किस तरह उसकी कम्पनी बाकी कम्पनीयों के मुकाबले कम ब्याज़ दर पर लोन देती है और लोन प्राप्त करने के लिए क्या-क्या करना पड़ेगा। लिंडा को पाँच हज़ार डॉलर के लोन की ज़रूरत थी, जिसकी मासिक किश्त तकरीबन पाँच सौ डॉलर होती। वह किसी भी हाल में यह कॉल अपने हाथ से छूटने नहीं देना चाहता था।

चार महीने के अनुभव में वह एक बात तो जान गया था कि अमेरिका में ऐसी आबादी बड़ी तादाद में है जो जीवन में किसी कारणों से अकेले पड़ चुके हैं। अकेलापन, डाइवोर्स, काम, पैसा, बिल्स, हर कोई किसी ना किसी चीज़ से परेशान था। वह अपने कॉल के दौरान कस्टमर्स के इन्हीं नब्ज़ों को पकड़ने की कोशिश करता था, और अगर कोई कस्टमर कभी संदेहास्पद होकर उसके एक्सेंट पर सवाल उठाता तो उसके पास ऐसे कस्टमर्स को सुनाने के लिए एक स्वरचित इमोशनल कहानी थी,

“मेरी माँ एक अफगानी औरत थी और काम की तलाश में अमेरिका आयी थी। यहाँ मेरी माँ की मुलाकात मेरी पिता से हुई। दोनों में प्रेम हुआ और दोनों

ने शादी करने का फैसला कर लिया। लेकिन मेरे जन्म के कुछ महीनों बाद ही मेरे पिता के संबंध उनके दफ्तर की किसी महिला से बनने लगे थे। उन्होंने मेरी माँ को तलाक देने का फैसला कर लिया। मैं बचपन से ही अपनी माँ के साथ रहा हूँ और ज़्यादातर समय गैर-अमेरिकी लोगों के साथ बीता है, यही कारण है कि मेरे बात करने के तरीके में अमेरिकन एक्सेंट नज़र नहीं आता है। अगर कस्टमर मेरे एक्सेंट की वजह से मुझ पर शक करेंगे तो शायद कम्पनी मुझे काम से निकाल दे।"

यह कहानी काम भी कर जाती थी। खासकर उन कस्टमर्स पर जिनके डाइवोर्स हो चुके थे या फिर वे किसी ना किसी वजह से जीवन में भावनात्मक रूप से अकेले पड़ गये थे। उसके बाद कस्टमर्स बिना कोई सवाल-जवाब किये कम्पनी को पैसे भेज देते थे।

अच्छा, कम्पनी पकड़ी ना जाये इसके लिए भी कम्पनी ने एक बड़ा ही सुरक्षित तरीका अपना रखा था। कम्पनी कस्टमर्स को वहाँ के लोकल स्टोर्स जैसे वालमार्ट, वालग्रीन्स, सेवेन इलेवेन भेजती थी, जहाँ कस्टमर्स को गिफ्ट कार्ड में पैसे डालने होते थे। उसके बाद उस कार्ड की सारी डिटेल्स लेकर कम्पनी उस कार्ड में से पैसे निकाल लेती थी।

उसने लिंडा को बताया, चूँकि कम्पनी उससे किसी भी तरह की सिक्यूरिटी नहीं माँग रही है तो उसे यह साबित करने के लिए कि वह हर महीने समय से इंस्टालमेंट भर सकती है, उसे पहले महीने की किश्त कम्पनी को लोन राशि मिलने से पहले भेजनी होगी जो कि पूरी तरह से प्रतिदेय होगी। एक बार कम्पनी जाँच लेगी कि उसने पैसे जमा किये हैं, लोन की राशि के साथ-साथ उसे पहले महीने की किश्त भी लौटा दी जायेगी। लेकिन लिंडा इस बात को सुनते ही थोड़ी संदेहास्पद हो गयी। उसने तुरंत कहा, "व्हाई आई हैड टू पेय बिफोर... एंड इफ आई आलरेडी हैड मनी देन व्हाई शुड आई एप्लाइड फॉर द लोन?"

"मिस, एक्चुअली वी आर नॉट आस्किंग फॉर एनी काइंड ऑफ़ मॉर्गेज ऑर सिक्यूरिटी फ्रॉम यू। सो इन ऑर्डर टू प्रूव दैट यू आर एन अफोर्डेबल कस्टमर, यू हैव टू डिपाजिट योर फर्स्ट मंथ इन्सटॉलमेंट बिफोर रिसीविंग द लोन अमाउंट एंड डोंट वरी मिस लिंडा, दैट अमाउंट इज़ टोटली रिफंडेबल... यू विल गेट दैट बैक विथ योर लोन अमाउंट।"

लिंडा बेबी सीटिंग का काम करती थी और एक आठ साल के बच्चे की सिंगल पैरेंट थी। उसकी मासिक तनख्वाह कुछ बारह सौ डॉलर के आस-पास

थी, जिसमें उसे घर का किराया, बिल्स, खाना-पीना सबकुछ देखना होता था। उसने उसे बताया कि वह इतनी जल्दी पैसों का इन्तेजाम नहीं कर सकती है। उसे थोड़ा समय चाहिए होगा।

उसने लिंडा से लोन लेने की वजह पूछी तो उसने निजी कारण बताकर बात टाल दी। उसने दोबारा नहीं पूछा। वैसे भी उसे पैसों से मतलब था। कोई कस्टमर किस वजह से लोन ले रहा है, यह जानने में उसे कोई दिलचस्पी नहीं होती थी।

लिंडा ने उसे एक घण्टे बाद फ़ोन करने का बोलकर फ़ोन रख दिया। लिंडा की कॉल तकरीबन आधे घण्टे चली थी। वह थका हुआ महसूस कर रहा था। इतनी लम्बी कॉल के तुरंत बाद वह दूसरी कॉल नहीं लेना चाहता था। उसने अपने टीम लीडर से पन्द्रह मिनट का ब्रेक माँगा और ऑफिस के किचन में चला गया। उसने ऑफिस बॉय से चाय बनवायी और उसे लेकर स्मोकिंग ज़ोन में चला आया।

उसने अभी सिगरेट जलायी ही थी कि उसके साथ काम करने वाला ड्यूक उसके पास आया। उससे एक सिगरेट लेते हुए ड्यूक ने कहा, "क्या रहा तेरे कॉल का?"

"अभी कुछ पता नहीं... बोली है कॉल करेगी।"

"अच्छा!"

"तेरी कोई कॉल बनी अभी तक?"

"अरे नहीं यार... मेरा मन नहीं कर रहा है कॉल बनाने का।"

"क्यों? क्या हुआ?"

"मैं जॉब छोड़ने की सोच रहा हूँ।"

"वजह?"

"यार, स्कैम में काम करना अब सही नहीं लग रहा है। हम लोगों के साथ गलत कर रहे हैं।"

"अचानक से क्या हो गया भाई तुझे? गाँधी क्यों बन रहा है?"

"भाई, पता नहीं। लेकिन मैं छोड़ दूँगा कुछ टाइम में।"

"तेरी मर्ज़ी ब्रो।" उसने सिगरेट पैरों से बुझायी और वापस अपने सिस्टम पर आकर बैठ गया।

उसने अपना सिस्टम ब्रेक मोड से हटाया और अगली कॉल के इंतज़ार में बैठ गया। कम्पनी का नियम था यदि कोई कॉलर एक दिन में दो या उससे ज़्यादा सेल पूरी करता है तो उसे डेली इंसेंटिव के तौर पर दो हज़ार रुपये हाथों हाथ दे दिए जायेंगे। उसे बस एक और कॉल बनानी थी और अभी पूरा समय बचा हुआ था।

थोड़ी देर बाद उसकी कंप्यूटर स्क्रीन पर अगला कॉल फ्लैश हुआ। कॉल किसी होज़े ली नाम के आदमी का था, जो कि चीनी मूल का अमेरिकन था। होज़े अपने नये बिज़नस के लिए एक सेकण्ड हैण्ड ट्रक खरीदना चाहता था जिसके लिए उसे ढाई हज़ार डॉलर के लोन की ज़रूरत थी। उसने होज़े को भी लोन प्राप्त करने की पूरी प्रक्रिया समझायी। होज़े को किसी भी हाल में पैसे चाहिए थे और उसका क्रेडिट स्कोर उतना अच्छा नहीं था कि वह किसी और कम्पनी में प्रयास करे। वह यहाँ बिना सिक्योरिटी दिए लोन लेने वाली बात के लालच में आ गया।

उसने होज़े को उसके घर के सबसे पास वाले रिटेल स्टोर सेवेन इलेवन भेजा। होज़े के पहले महीने की किश्त ढाई सौ डॉलर बन रही थी। सेवेन इलेवन पहुँचने के बाद उसके बताये अनुसार होज़े सीधा गिफ्ट कार्ड सेक्शन में गया। वहाँ से उसने पचास-पचास के पाँच गूगल प्ले गिफ्ट कार्ड लिये और काउंटर पर जाकर उसमें पैसे डलवा आया। उसने होज़े को खास हिदायत दी थी कि यह बात वह स्टोर पर किसी भी व्यक्ति से साझा ना करे वरना कम्पनी की प्राइवेसी पॉलिसी के अंतर्गत उसका आवेदन रद्द कर दिया जायेगा।

कार्ड में पैसे डलवाने के बाद होज़े बाहर आकर खड़ा हो गया। उसने सभी कार्ड्स की पैकिंग खोली और उसे डिटेल्स बताने लगा। सारी डिटेल्स लेने के बाद उसने दोबारा से एक बार सारी डिटेल्स जाँची और उसे आगे मैनेजर के पास भेज दिया। उसने होज़े से कॉल पर दस मिनट इंतज़ार करने को कहा ताकि कम्पनी जाँच सके कि उसने पैसे जमा किया है या नहीं। होज़े की सेल पूरी होते ही उसने उसका नंबर अपने सिस्टम से ब्लॉक कर दिया। उसके बाद होज़े ने उसे कई कॉल किये लेकिन उसके साथ स्कैम हो चुका था।

उसकी उस दिन की पहली सेल पूरी हो चुकी थी। उसे अब इंतज़ार था तो बस लिंडा के कॉल का। लिंडा का फ़ोन कटे भी आधे घण्टे से ऊपर हो चुका था। उसने सोचा कि क्यों ना एक बार उससे फ़ोन करके अपडेट ले लिया जाये। पहली बार में उसने उसका फ़ोन काट दिया। उसे लगा यह कॉल उसके हाथों से जा चुकी है। उसके आधे घण्टे की मेहनत पर पानी फिर चुका है। उसने दोबारा

इमरोज़ की अमृता

फ़ोन मिलाया। कुछ देर घंटी बजने के बाद लिंडा ने उसका फ़ोन उठा लिया और उठाते ही बोली, "मिस्टर कूपर, आई एम ड्राइविंग... आई एम ऑन माय वे टू वॉलग्रीन्स।"

"ओके... ओके! दैट्स ग्रेट। आई एम ऑन होल्ड विथ यू, वन्स यू रीच द पार्किंग लॉट, लेट मी नो... सो दैट आई विल गाइड यू।" उसने तसल्ली की साँस लेते हुए कहा।

"ओके..." लिंडा ने इतना बोलकर फ़ोन गाड़ी के डैशबोर्ड पर रख दिया।

"Don't leave me this pain...
Don't leave me out in rain...
Come back and bring back my smile...
Come and take these tears away...
I need your arms to hold me now...
The nights are so unkind...
Bring back those nights when I held you beside me...
Un-break my heart..."

लिंडा की गाड़ी में Toni Braxton का यह गाना फुल वॉल्यूम में बज रहा था। वह आँखें बंद करके गाने का आनंद लेने लग गया। उसके दिन की दूसरी सेल पूरी होने जा रही थी। इस कॉल के बाद उसे आगे कॉल लेने की ज़रूरत नहीं थी। उसके दिन भर का कोटा पूरा होने वाला था। साथ ही दो हज़ार रुपये इंसेंटिव के रूप में उसकी जेब में जाने वाले थे, जिसे वह आने वाले वीकेंड पर अपने दोस्तों के साथ शराब-सिगरेट पर खर्चने वाला था। तकरीबन पन्द्रह मिनट बाद गाना बंद हुआ तब उसका ध्यान टूटा।

"हैलो, मिस्टर कूपर... आई रिच्छ द पार्किंग लॉट।" लिंडा ने गाड़ी से उतरते हुए कहा।

उसने उसे सीधा वॉलग्रीन्स के गिफ्ट कार्ड सेक्शन में भेजा। वहाँ लिंडा ने सौ-सौ के पाँच वॉलमार्ट गिफ्ट कार्ड लिये और उन्हें रिचार्ज करवाने के लिए काउंटर पर चली गयी। स्टोर से बाहर निकलकर लिंडा वापस से अपनी गाड़ी में आकर बैठ गयी। उसने कार्ड्स की पैकिंग खोली और सारी डिटेल्स उसे बता दी।

"मिस्टर कूपर, यू हैव सॉल्व्ड माय प्रॉब्लम... आई कांट एक्सप्लेन, हाउ हार्ड माय लाइफ इज गोइंग राईट नाउ! थैंक यू सो मच फॉर ऑल योर हेल्प... आई विल प्रेय टू जीसस दैट यू विल हैव अ ग्रेट लाइफ अहेड... " लिंडा के यह बोलते ही एक मुस्कान उसके चेहरे पर फैल गयी।

लिंडा की सेल पूरी होते ही उसने उसका नंबर अपने सिस्टम से ब्लॉक कर दिया। वह अब अपने काम से फारिग हो चुका था। उसने अपना सिस्टम ऑफ किया और अँगड़ाई लेते हुए खड़ा हो गया। उसने ऑफिस बॉय से एक ब्लैक कॉफ़ी बनवायी और उसे लेकर स्मोकिंग ज़ोन में लगे सोफे पर आकर बैठ गया।

अभी उसकी कॉफ़ी आधी ही हुई थी कि ड्यूक उसके पास आया।

"अरे एलेक्स, तेरी वह जो कस्टमर है लिंडा, उसका फ़ोन आया है मेन सिस्टम पर।"

"मेन सिस्टम से ब्लॉक नहीं किया था क्या उसे?"

"अरे किया था भाई। दूसरे नंबर से कॉल कर रही है।"

"तो ब्लॉक कर दे। मुझे क्या बोलने आया है?"

"टीएल बोल रहा है कि थोड़े और पैसे निकलवा ले उससे। अभी ज़रूरत है उसे और थोड़ा डराएगा तो दे भी देगी। बाकी तू देख ले भाई। वैसे भी पाँच सौ डॉलर निकलवा ही चुका है और रो भी रही है काफी वह।"

"चल देखता हूँ।"

उसने कप में बची हुई कॉफ़ी जल्दी से खत्म की और लिंडा से बात करने के लिए मेन सिस्टम पर बैठ गया। उसने जैसे ही हैलो कहा लिंडा उस पर चिल्लाने लगी,

"एलेक्स, व्हाई यू हैंगडअप माय कॉल? प्लीज़ गिव मी माय मनी... आई नीड दैट अर्जेंटली।"

लिंडा फ़ोन पर रोये जा रही थी। उसने उसे शांत कराने की बहुत कोशिश की, लेकिन वह उसकी कोई भी बात नहीं सुन रही थी। वह समझ चुकी थी कि उसके साथ स्कैम हुआ है। उसने फ़ोन काटने से पहले उसे अंत में कहा, "आई नो यू आर नॉट गोइंग टू गिव एनी मनी। यू आर अ स्कैमर एंड यू स्कैमड मी। आई हैड अप्पलाइड फॉर द लोन बिकॉज़ माय सन इज सफ्फरिंग फ्रॉम कैंसर एंड आई नीड मनी फॉर हिज़ ट्रीटमेंट। इफ़ एनीथिंग हैप्पेंस टू हिम, रिमेम्बेर गॉड इज़ वाचिंग यू एंड ही विल नेवर फोर्गिव यू।"

वह अवाक-सा रह गया था। फ़ोन की टू-टू उसके कानों में बज रही थी, लेकिन उसे कुछ भी सुनायी नहीं पड़ रहा था। उसने फ़ोन रखा और बिना किसी से कुछ कहे बाहर आकर बैठ गया।

सुबह कमरे पर पहुँचने के बाद भी उसे भारी बेचैनी महसूस हो रही थी। आँखें ग्लानि से भारी हो चुकी थीं। वह सोना चाहता था, लेकिन आँखें बंद करते ही उसकी आँखों के आगे एक कमजोर बच्चा आ जाता था। उस बच्चे का चेहरा पीला पड़ चुका था। वह खून की उल्टियाँ कर रहा था। वहीं उस बच्चे के पास एक महिला बैठी हुई थी, जिसके होंठ एक लय में बंद-खुल रहे थे। वह उसके लिए बद्दुआ पढ़ रही थी।

मन बहलाने के लिए वह अपने फ़ोन में न्यूज़ देखने लगा। अमेरिका में क्या चल रहा है, यह जानने के लिए हर रोज़ वह ऐसा करता था। कुछ नीचे स्क्रोल करने के बाद उसकी नज़र एक न्यूज़ हेडलाइन पर अटक गयी। हेडलाइन थी -

"A woman named Linda Brown committed suicide after getting scammed by a person named Alex Cooper."

प्यार की लकीर

"यार पण्डित! एक बात बताओ, हमारे हाथ में कोई प्यार की रेखा होती है क्या?" आनंद ने अपनी हथेली में कुछ ढूँढ़ते हुए कहा।

"हाँ भाई, इन्सान के हाथ में उसका अगला-पिछला सब लिखा होता है।"

"भाई, मेरा हाथ भी देख दो... कोई लड़की आयेगी क्या ज़िन्दगी में?"

"फोकट में नहीं देखते हैं, पैसा देगा तो कहो?"

"साला, अब दोस्त से भी पैसा लेगा?"

"बेटा, दोस्ती अपनी जगह है, प्रोफेशन अपनी जगह।"

"ठीक है, ले लेना। कितना रुपया लेगा?"

"रुपया मत देना। मिलन जी के यहाँ का सिंघाड़ा खिला दो, बड़ा दिन हो गया है।"

"हाँ ठीक है, खिला देंगे। अब हाथ देखो।"

"वहीं चलो... वहीं देखेंगे।"

पण्डित अपनी जगह खड़ा हुआ और आनंद के साथ कस्बे के सुप्रसिद्ध समोसे की दुकान, मिलन मिष्ठान भण्डार की तरफ चल दिया। दोनों पाँचवीं कक्षा से एक-दूसरे के साथ थे। पण्डित का असली नाम सिद्धार्थ कुमार झा था। उसके पिता बाबा अम्बिका नाथ झा पंचमेश्वर नाथ मंदिर के मुख्य पुजारी थे। सब आदर से उन्हें बड़े पण्डित जी कहते थे। इसीलिए स्कूल में सारे बच्चे पण्डित को छोटका पण्डित कहकर संबोधित करते थे। चूँकि, आनंद सिद्धार्थ का लंगोटिया था, तो उसने छोटका पण्डित में से छोटका हटा दिया और पण्डित रख लिया।

बड़े पण्डित जी चाहते थे कि छोटका पण्डित भी उन्हीं की तरह पण्डिताई करे, इसलिए जजमान को कैसे बेवकूफ बनाना है इस बात की ट्रेनिंग उसे बचपन से ही देते हुए आ रहे थे। कहते थे कि असली पण्डित वह है, जो अपने बाप के श्राद में भी दक्षिणा की माँग करे। पण्डित अभी आनंद से वही प्रोफेशनल रिश्ता निभा रहा था।

"अब देखो।" दो समोसा और सौ ग्राम इमरती का ऑर्डर देने के बाद आनंद ने कहा।

एक हाथ में समोसा लिये पण्डित आनंद की दाहिनी हथेली को गौर से देखता रहा और फिर गंभीर होकर बोला, "बहुत समस्या दिख रहा है तुम्हारी हथेली में, आनंद बाबू।"

"मतलब?... अरे साड़, साफ़-साफ़ बोलबे कथी लिखल है!"

"अबे, तुम्हारी ज़िन्दगी में कौनो लड़की नहीं आयेगी.. और जैसा हमको दिख रहा है, उस हिसाब से तुम्हारा ब्याह भी बड़ा लेट होगा।"

"पण्डित, अईसे मत बोलो भाई। भर्जिन्टी टूटने में इतना समय लगेगा, तो दिक्क़त हो जायेगा।"

"जो लिखा है, वही बता रहे हैं।" इतना कहकर पण्डित समोसा और इमरती खत्म करने में लग गया।

"कोई उपाय नहीं है क्या?" आनंद ने आस से पूछा।

"उपाय तो है... लेकिन पान खिलयेगा, तब बतायेंगे।"

"भाक्क... मा... चो... कितना हरामी है रे तुम!"

"साला गाली देता है। अब नहीं बतायेंगे।"

"अरे छोटका पण्डित जी, काहे खिसियाते हैं! चलिये चलते हैं पान खाने।"

"जर्दा वाला पान खायेंगे हम।" पण्डित ने समोसे की प्लेट में हाथ धोते हुए कहा। आनंद ने समोसा और इमरती का बिल चुकाया और पण्डित के साथ पनवाड़ी की तरफ बढ़ गया।

पण्डित ने कुछ देर मुँह में घुमा-घुमाकर पान का स्वाद लिया, फिर वहीं पड़े कूड़ेदान में पहली पिचकारी मारते हुए बोलना शुरू किय, "देखिये आनंद बाबू, तुम्हारे जीवन में प्रेम आना इसलिए मुस्किल है क्योंकि तुम्हारे हाथ में सनि की आड़ी रेखा है और गुरु पर्वत भी थोड़ा सा दबा हुआ है। लेकिन पूरा भरोसा से उपाय करेगा तो सब ठीक हो जायेगा। एक तो करो तुम कि सोमवार के सोमवार बाबा पर दूध में चीनी मिलाकर चढ़ाओ और दूसरा की सनिच्चर के दिन कौआ को ऑमलेट खिलाओ, बिना प्याज़ का। देखो, महीना भर के अंदर रिजल्ट मिल जायेगा तुमको।"

"अच्छा! लेकिन तुम साला अपने बाप वाला भासा बोलने लग गया है।" आनंद ने छोटका पण्डित में बड़के पण्डित की छवि पहचानते हुए कहा।

"भाई, अब हमको त पण्डिताई ही करना है। अब इसमें भी जजमान को भारी भासा में नहीं समझायेंगे, त कईसे मानेगा सब!"

"सही है बेटा। लेकिन मेरा एकठो डाउट और क्लीयर करो कि पता कैसे चलेगा रेखा बन गया है?" आनंद ने अपनी अंतिम शंका पण्डित के आगे रख दी।

"देखो, यह जो छोटी ऊँगली है तुम्हारी, इसके नीचे का एरिया बुध पर्वत होता है और यह लम्बा सा लाइन है जो बुध पर्वत से सुरु हो रहा, यह है तुम्हारा हार्ट लाइन। अब यह हार्ट लाइन और बुध पर्वत के बीच में जो छोटा गहरा लाइन है, वह है तुम्हारा बियाह वाला रेखा। अब इससे पहले जो भी छोटा-मोटा लाइन होगा, वह होगा अफेयर वाला लाइन। जेकरा हाथ में जेत्ता लाइन, ओक्कर उत्ता अफेयर।" पण्डित ने अपनी हथेली पर आनंद को सम्पूर्ण हस्तरेखा ज्ञान बताया।

"अच्छा! वैसे अफेयर वाला लाइन त तुम्हारे हाथ में भी नहीं है। तुम भी सुरु करो जल ढारना।"

"हाँ बेटा, बिल्कुल... काहे नहीं! साला, यहाँ बाप के चक्कर में छौरी सब देखते ही गोर धरने लगती है और तुम कह रहा है अफेयर करो। साला, किस्मत फूटा रहा जो पण्डित के घरे पैदा हुए थे।"

"..." आनंद दाँत निपोरकर हँसने लगा।

"अरे, तुम दिल्ली कब जा रहा है रे?" पण्डित ने पूछा।

"अगला हफ्ता इतवार को गाड़ी है।"

"सही है भाई! बढ़िया से पढ़ो-लिखो... बाहर का दुनिया देखो। मेरे किस्मत में तो साला मिथिला यूनिभर्सिटी ही लिखा हुआ है।"

आनंद का दाखिला दिल्ली विश्वविद्यालय के नॉर्थ कैम्पस में हुआ था। इससे उसके पिता बड़े खुश थे। खुद फैमिली बिज़नस के चक्कर में ज़्यादा पढ़ाई नहीं कर पाये थे, लेकिन मन में इच्छा थी कि बेटा बड़े शहर के बड़े कॉलेज से डिग्री प्राप्त करे। आनंद पढ़ाई में शुरू से अच्छा था और बारहवीं की बोर्ड परीक्षा में सीबीएसई से चौरासी प्रतिशत से पास हुआ था, सो उसे आसानी से दिल्ली विश्वविद्यालय में एडमिशन मिल गया था।

आनंद कॉलेज शुरू होने से दस दिन पहले ही दिल्ली पहुँच गया। हफ्ता भर अपने चाचा के पास गुड़गाँव में रहा। उसके चाचा साइबर सिटी की किसी एमएनसी में नौकरी करते थे। हफ्ते भर वहाँ रहने के बाद उसने जीटीबी नगर के पास विजय नगर में साढ़े छः हज़ार का एक इंडिपेंडेंट रूम सेट किराये पर ले

लिया । ताकि कल को मम्मी-पापा घूमने आये तो कोई दिक्क़त ना हो । वैसे, एक रूम सेट के नाम पर डिब्बा था वह कमरा । कमरे में ही थोड़ी सी जगह घेरकर किचन बना हुआ था और गाँव-घर में जितना बड़ा सिर्फ़ पखाना होता है, उतना तो यहाँ स्नानघर और पखाना मिलाकर था, लेकिन अब जो था सो था, एडजस्ट तो करना ही था । जब चाचा आये थे, तब वह पाँच हज़ार के कमरे में तीन लोग रहते थे । उनके हिसाब से तो आनंद को सबकुछ बहुत ज़्यादा और अच्छा मिला था । वैसे भी यह एडजस्टमेंट वाली चीज़ सिर्फ़ नौकरी लगने तक ही होती है, एक बार अच्छी नौकरी मिल जाये फिर सब सही हो जाता है ।

आनंद ने ज़रूरत के मुताबिक सारी चीज़ें खरीद ली थीं । एक चूल्हे वाला सिलिंडर, सोने के लिए फोल्डिंग और गद्दा, किताबें रखने के लिए रैक, बाल्टी-मग्गा, बर्तन । खाना उसे खुद बनाना था । माँ ने खास हिदायत दी थी कि किसी खाना बनाने वाली को मत रखना । देखता नहीं है फँसा देता है सब... सावधान इण्डिया में दिखाता है ।

कॉलेज शुरू हो चुका था । पहले दिन ओरिएंटेशन प्रोग्राम में बताया गया था कि पहला लेक्चर सुबह दस बजे का लगेगा । आनंद सुबह आठ बजे ही नहा धोकर तैयार बैठा था । उसे शिवलिंग पर भी दूध चढ़ाते हुए तीन सोमवार हो चुके थे, लेकिन पण्डित ने जिस जगह रेखा बनने का बताया था, उस जगह रेखा तो दूर अभी कोई निशान तक नहीं पड़ा था । आनंद को लगा महादेव अभी खुश होना शुरू नहीं हुए हैं । उसने तुरंत फ़ोन उठाया और पण्डित को मिला दिया ।

"हैलो पण्डित ! आनंद बोल रहे हैं ।"

"अरे आनंदा, कईसा है रे ?"

"बढ़िया... तुम बताओ ? यह नया नंबर लिये हैं दिल्ली वाला, सेव कर लेना ।"

"ठीक है... और कौनो टाइट जींस वाली माल पटाया कि नहीं ?"

"पण्डित, जजमानी करने जाता है अब... थोड़ा लैंग्वेज ठीक करो अपना ।"

"आये रे बुरभाल ! बाप को सिखा रहा है !"

"अरे यह सब छोड़ो । हमको यह बताओ कि तीन सोमवार हो गया है जल ढारते-ढारते, लेकिन लाइन नहीं बन रहा है । कोई और फ़ास्ट उपाय कर सकते हैं क्या ?"

"भक्, कितना उकताया हुआ है ! भगवान भी पेसेंस देखते हैं । थोड़ा धीरज

रखेगा, तब होगा।" पण्डित ने इतना कहकर फ़ोन काट दिया।

घड़ी में साढ़े आठ बज चुके थे। आनंद ने अमेज़न से मँगवाया हुआ कैम्पस का स्पोर्ट्स जूता पहना और कॉलेज के लिए निकल गया।

कॉलेज के पहले रोज़ हर कोई अपने हिसाब से सज-धज के आया हुआ था। आनंद ने पहली बार लड़कियों को शॉर्ट्स पहने हुए देखा था। वरना गाँव-घर में तो लड़कियाँ जींस भी शायद ही पहनती थीं। लड़कियाँ तो दूर, उसने ख़ुद एक दो बार से ज़्यादा जीन्स नहीं पहनी थी। जीन्स में बड़ा असहज महसूस करने लगता था वह, लेकिन अभी आनंद उन सभी बच्चों के सामने ख़ुद को पिछड़ा महसूस करने लग गया था। सुबह जिस उत्साह से उसने पिछली दिवाली पर ख़रीदी हुई नीले रंग की चेक वाली शर्ट और काले रंग की पैंट पहनी थी, असहजता में बहते पसीने ने उस उत्साह को बहा दिया था।

वह नज़रें नीचे करके अपनी क्लास का पता करने ऑफिस के विंडो पर गया। वहाँ बैठे शख्स को अपनी फी स्लिप दिखाते हुए उसने पूछा, "सर, यह बीकॉम प्रोग्राम का क्लास कहाँ लगेगा?"

"सामने नोटिस बोर्ड पर लिस्ट चिपका दी जायेगी।" शख्स ने बिना उसकी ओर देखे कहा।

आनंद ने एक नज़र नोटिस बोर्ड की तरफ देखा फिर कॉरिडोर के कोने में जाकर खड़ा हो गया, जहाँ उसी के जैसे कुछ एक लल्लू-पल्लू टाइप लोग खड़े थे। वह कॉरिडोर में जहाँ खड़ा था, वहाँ से दायें-बायें दो रास्ते खुले हुए थे। एक रास्ता कॉलेज की नयी बिल्डिंग की तरफ जाता था और दूसरा ओल्ड बिल्डिंग, स्टाफ रूम और प्रिंसिपल ऑफिस की तरफ।

घड़ी की सुई दस से आगे बढ़ चुकी थी, लेकिन अभी तक नोटिस बोर्ड पर कोई लिस्ट नहीं चिपकी थी। कॉरिडोर में भी भीड़ धीरे-धीरे बढ़ती जा रही थी। भारत के अलग-अलग प्रान्त से जमा हुए बच्चों ने उस कॉरिडोर को सम्पूर्ण भारत की एक तस्वीर दे दी थी। भीड़ में से अगर कोई अनजाने में भी आनंद की तरफ देखता तो वह असहज होकर कभी अपने बाल ठीक करने लगता, तो कभी अपने शर्ट की अंडरसेटिंग चेक करने लग जाता।

"एक्सक्यूज़ मी, वेयर इज प्रिंसिपल्स ऑफिस?" एक आवाज़ कानों में पड़ी तो वह ठिठक गया।

उसने नज़रें उठाकर देखा और देखता ही रह गया। जवाब की प्रतीक्षा

करती दो ख़ूबसूरत आँखें, तहजीब के साथ मुस्कुराते हुए होंठ, घटाओं को फीका करते कमर तक झूलते लम्बे घने केश और चुम्बकीय क्षमता रखता जो किसी की भी नज़रें अपनी ओर खींच लें, होंठों के ऊपर खिलखिलाता एक छोटा-सा तिल। आनंद वहीं अटक चुका था।

"डू यू हैव एनी आइडिया?" उस लड़की ने दुबारा पूछा।

उस लड़की ने जब दुबारा पूछा तब उसे ध्यान आया कि उसने सवाल अंग्रेज़ी में किया है। अब तो जवाब भी अंग्रेजी में देना पड़ता। उसे उसके स्कूल के अंग्रेजी वाले मास्टर जी याद आ गये। मास्टर साहब हमेशा कहते थे कि अंग्रेजी की क्लास में अंग्रेजी में बात करो, इससे स्पीकिंग स्किल्स अच्छी हो जायेगी। लेकिन उस समय तो इन्हें क्रान्तिकारी बनना था कि अंग्रेजी गुलामी की भाषा है, हम क्यों बोलें? आनंद को पहली बार अंग्रेजी ना आने का अफ़सोस हो रहा था। वह जानता था, अगर उसने अंग्रेजी में जवाब देने के लिए मुँह खोला तो जुबान अटक-अटककर खुलेगी। उसने मौखिक रूप से जवाब ना देना ही बेहतर समझा। उसने अपने हाथों से उस तरफ इशारा कर दिया, जिधर प्रिंसिपल ऑफिस था। लड़की ने थैंक यू कहा और प्रिंसिपल ऑफिस की तरफ बढ़ गयी। आनंद की नज़रें तब तक उस लड़की का पीछा करती रहीं, जब तक वह प्रिंसिपल ऑफिस के भीतर नहीं चली गयी।

सेक्शन लिस्ट लग चुकी थी। आनंद का नाम सेक्शन बी की लिस्ट में था। रूम नंबर 310, न्यू बिल्डिंग। वह पूछता-पाछता अपनी क्लास में पहुँच गया।

क्लास आधी भर चुकी थी। क्लास में ग्रुप्स बँट चुके थे। एक ग्रुप पूरा हरियाणा और राजस्थान के जाटों का था, जो अपने ही सुनाये चुटकुलों पर हँस रहे थे। उन्हें बाकियों से कोई मतलब नहीं था। एक ग्रुप साउथ दिल्ली के मॉडल टाइप दिखने वाले लड़के-लड़कियों का था, जिसमें सामान्य दिखने वाले छात्रों के लिए कोई रिक्तता नहीं थी। बाकी जो बचे थे, वे अपने हिसाब से दोस्ती कर रहे थे। आनंद ने देखा आगे की बेंच पर एक दुबला-पतला सा लड़का, जिसने मोटे फ्रेम वाला चश्मा पहन रखा है, फ़ोन चलाते हुए कनखियों से अपना साथी तलाश रहा था। आनंद को दोस्ती करने के लिए वह सबसे उचित प्राणी जान पड़ा। वह उसके बगल में जाकर बैठ गया।

"हैलो, मेरा नाम आनंद कुमार है।" आनंद ने कहा।

उस लड़के ने आँखों से आनंद को ऊपर से नीचे तक टटोला और बोला, "माय नेम इज बसंत सांवरिया।"

बसंत यूँ तो मोकामा, बिहार का रहने वाला था, लेकिन ग्यारहवीं और बाहरवीं की पढ़ाई उसने केरल से की थी और इसी वजह से वह सबसे अलग दिखने का प्रयास कर रहा था।

आनंद के कॉलेज का पहला दिन ठीक-ठाक सा गया। ना उसे बहुत ज़्यादा की उम्मीद थी, ना बहुत ज़्यादा कुछ हुआ। हाँ, बस एक अच्छी चीज़ जो हुई थी, वह थी उस लड़की से चंद भर की अटपटी-सी मुलाकात। जिसका चेहरा उसकी आँखों से होता हुआ सीधा उसके दिल में उतर चुका था।

शाम को आनंद बसंत के साथ मुखर्जी नगर गया। ग्रेजुएशन के साथ-साथ उसने जनरल कम्पटीशन की तैयारी का भी सोच रखा था। बसंत ने उसे सुबह कॉलेज में बताया था कि मुखर्जी नगर इन सबके लिए हब है। उसके भैया भी पहले यहीं से कोचिंग लेते थे। जिद करने पर वह आनंद के साथ मुखर्जी नगर जाने को तैयार हो गया था।

आनंद एक दो कोचिंग सेंटर्स में पूछताछ के लिए गया, लेकिन उसे कहीं भी सही नहीं लगा। हर कोचिंग सेंटर का एवरेज कोर्स छः महीने से ज़्यादा का नहीं था और अभी उसके सामने कॉलेज का पूरा तीन साल पड़ा हुआ था। उसने पहले कॉलेज की पढ़ाई पर ध्यान देना ज़रूरी समझा। बाकी रीजनिंग, जनरल नॉलेज, क्वांट, इन सबकी कुछ किताबें वह अपने साथ ले आया, ताकि अपनी तरफ से थोड़ी बहुत तैयारी शुरू की जा सके। कॉलेज ख़त्म होते-होते उसे कहीं किसी सरकारी दफ्तर में लग जाना था, ताकि गाँव-घर में थोड़ा नाम हो जाये।

किताबें खरीदने के बाद बसंत उसे लेकर जीटीबी नगर मेट्रो गेट नंबर 4 के पास वाले एक कैफ़े में गया। वहाँ उसने दो अदरक वाली चाय और एक प्लेट ब्रेड टोस्ट ऑर्डर किया।

“अरे बसंत भाई, यह दो ठो ब्रेड का चालीस रुपया?” आनंद ने टोस्ट की प्लेट में दो ब्रेड के टुकड़े को हल्के बटर में सेंके हुए चार भाग में बँटा हुआ देखकर कहा।

“अब क्या कर सकते हैं यार! बड़े कैफेज़ में ऐसा ही होता है। सर्विस का पैसा लेते हैं।”

“भक्क मरदे! है तो वैसा ही न, जैसा बचपन में मम्मी टिफ़िन में ब्रेड को नमक में सेंककर देती थी। आप भी तो खाये ही होइएगा! साला, इसका चालीस रुपया... ठगता है साला सब।”

अगले दिन पहले लेक्चर में आनंद देर से पहुँचा, जिस वजह से उसे पहले लेक्चर में प्रवेश नहीं मिला। वजह था कि सुबह वह मोटर चलाना भूल गया था और पानी की टंकी खाली हो चुकी थी। अब वह बिना नहाये तो कॉलेज नहीं जा सकता था क्योंकि कमरे पर धूपबत्ती दिखानी थी। बहुत मशक्क़त करने के बाद उसके मकान मालिक ने उसे एक बाल्टी पानी नहाने के लिए दे दिया था, लेकिन कुछ पन्द्रह मिनट ड्रामा करने के बाद। हालाँकि, एक बाल्टी पानी देने में उनका कुछ नहीं जाता। परिवार में सिर्फ़ दो ही लोग थे। एक मकान मालिक ख़ुद, दूसरी उनकी धर्म पत्नी और टंकी उन्होंने हज़ार लीटर वाली लगवा रखी थी। लेकिन वही है, मकान मालिक का धर्म सिर्फ़ लेना होता है, कुछ देना नहीं।

दूसरा लेक्चर शुरू होने में अभी चालीस मिनट का समय था। समय बिताने के लिए वह कॉलेज की कैंटीन चला गया। दो समोसा और एक कप चाय लेकर वह कैंटीन का एक कोना पकड़कर बैठ गया। अभी उसने समोसे का पहला टुकड़ा मुँह में रखा था कि एक हाथ धप्प से उसकी पीठ पर पड़ा और समोसा उसके मुँह से निकलकर टेबल पर गिर गया।

"और भाई, कहाँ से हो?" एक लड़का हाथों में डायरी लिये उसके सामने खड़ा था। उसके साथ कुछ पाँच-छः लड़के और थे।

आनंद तो अकचकाया हुआ था कि परिचय पूछने का यह कौन-सा तरीका है! अपना गाँव होता तो यहीं पटककर मारते, लेकिन यह दूसरा शहर है। यहाँ पेल दिये जायेंगे।

"बिहार से।" आनंद ने कहा।

"अरे, क्या बात कर रहे हो! बिहार में कहाँ से?" उस लड़के ने बिल्कुल अपनत्व के साथ कहा।

"सीतामढ़ी से।"

"अरे महाराज! बगल वाले हो गये तुम तो। मैं समस्तीपुर से हूँ।"

"अच्छा!"

"नाम क्या है तुम्हारा?"

"आनंद कुमार।" उस लड़के ने झट से नाम अपनी डायरी में लिख लिया।

"भाई, मेरा नाम रौशन सिंह है। इस बार कॉलेज इलेक्शन में प्रेसिडेंट पोस्ट के लिए खड़ा हो रहा हूँ। अपने लोगों का सपोर्ट चाहिए। वह क्या है न कि आज तक अपने इधर का कोई भी कैंडिडेट जीता नहीं है और इन जाटों को साला इसी

बात का घमण्ड है। लेकिन हम लोग एकजुट हो जायें तो इनका सारा घमण्ड टूट जायेगा। यहाँ अपनी इज़्ज़त नहीं है। हमें ख़ुद बनानी पड़ेगी। बिहारियों को यह लोग बीमारू समझते हैं। चावल कहकर पुकारते हैं। लेकिन यह बात थोड़े जानते होंगे यह लोग कि दिल्ली से अगर बिहारी, चाहे यूपी वाले पलायन कर जायें तो दिल्ली आधी से ज़्यादा खाली हो जायेगी। देखो दोस्त, मैं राजनीति की आड़ में किसी को भड़काना नहीं चाहता हूँ, लेकिन अगर ऐसा रहा तो हम लोग हमेशा के लिए बीमारू ही रह जायेंगे।"

"... " आनंद चुप रहा क्योंकि उसे इस चीज़ के बारे में कुछ भी ज्ञान नहीं था।

"चलो नंबर बताओ अपना... अब हमारे तरफ का है तो हमारा पार्टी ज्वाइन कर लो। कैम्पेनिंग में साथ रहना, बाकी कोई भी दिक़्क़त हो तो मेरा नंबर लिख लो।"

आनंद चुपचाप उनकी शक्लें ताक रहा था।

"अरे बता दो नंबर। देखो, इतना दूर से पढ़ने आया है, कोई पॉलिटिक्स के चक्कर में मार दिया तो अच्छा थोड़े लगेगा। हम लोग के अंडर रहेगा तो सेफ रहेगा।"

आनंद ने अपना नंबर बताया। रौशन सिंह ने नंबर के साथ-साथ उसका कोर्स, सेक्शन और रोल नंबर भी लिखा। जाते हुए उसने उसे अपना नंबर दिया और कहा, "सेव कर लो। फ़ोन करूँगा तुम्हें कैम्पेनिंग के लिए।"

दूसरे लेक्चर के दौरान आनंद ने कैंटीन की सारी बातें बसंत को बतायी। बसंत ने उसे समझाया कि कॉलेज पॉलिटिक्स से जितना दूर रहोगे उतना अच्छा होगा। बहुत बुरी चीज़ होती है... और यहाँ अकेले रहते हो, इसीलिए कुछ देखो भी तो आँखें फेर लो। इसी में भलाई है।

तीसरा लेक्चर हिंदी का था। हिंदी तीन भागों में बँटी हुई थी। जिन छात्रों ने हिंदी आठवीं तक पढ़ी थी, उनके लिए हिंदी 'सी'। जिन्होंने हिंदी दसवीं तक पढ़ी थी, उनके लिए हिंदी 'बी'। जिन्होंने बारहवीं तक हिंदी की पढ़ाई की थी, उनके लिए हिंदी 'ए'।

आनंद ने हिंदी बारहवीं तक पढ़ी थी। हिंदी 'ए' की क्लास ओल्ड बिल्डिंग के कमरा नंबर 31 में होनी थी। दूसरे लेक्चर के बाद वह भागता हुआ हिंदी की क्लास में पहुँचा। और जैसे ही दरवाज़े तक आया, उसके मन में खुशी की एक

लहर दौड़ पड़ी। कल जिस लड़की का चेहरा आँखों से होता हुआ दिल में घर कर चुका था, वह क्लास की पहली बेंच पर बैठी अपने फ़ोन में कैंडी क्रश गेम खेल रही थी और हर एक कैंडी के क्रश के साथ-साथ उसके दिल को भी क्रश कर रही थी। वह उस लड़की के पीछे वाली सीट पर जाकर बैठ गया।

सूरदास के दोहों के बीच वह नज़रें उठाकर उस लड़की को निहार ले रहा था। हालाँकि, उस लड़की को इस बात का तनिक भी इल्म नहीं था कि उसी क्लास में उसके ठीक पीछे बैठा हुआ लड़का मन से पूरी तरह उसकी ओर समर्पित हो चुका था।

क्लास खत्म होने के बाद जब बच्चे निकलने लगे तो आनंद ने सोचा कि यही मौका है उस लड़की से थोड़ी जान-पहचान बनाने का। वह बात करने के लिए आगे बढ़ा, लेकिन फिर ठिठक गया। सोचा बात हिंदी में शुरू होगी और खत्म अंग्रेज़ी में। लड़की एक दो बातों के बाद ही समझ जायेगी कि सामने वाला इन्सान देहात से आया है। अरे तो बोल देंगे कि नहीं आती है हमें अंग्रेज़ी और इसमें शर्म की कोई बात नहीं है। देश की आधी से ज़्यादा आबादी इस समस्या से पीड़ित है, तो क्या वे जी नहीं रहे हैं! अभी उसके भीतर के द्वंद्व उसे बात करने की हिम्मत दे ही रहे थे कि वह लड़की क्लास से बाहर निकल गयी। निकल गया मौका हाथ से। उसने भी अपना बस्ता उठाया और खाली हाथ बाहर आ गया।

अगली सुबह सोमवार ना होते हुए भी आनंद सुबह साढ़े आठ बजे महादेव के मंदिर में माथा टेक रहा था कि आज किसी भी स्थिति में उस सुन्दर कन्या से बात करवा देना।

पहले के दो लेक्चर बेमन से लेने के बाद वह भागता हुआ हिंदी की क्लास में पहुँचा। यह बात तो तय है, अगर कोई लड़का कॉलेज में आने के बाद भी लेक्चर्स को लेकर इतना उत्साहित है तो उसके दो ही कारण हो सकते हैं। पहला पढ़ाने वाली अति सुन्दर हो या फिर साथ पढ़ने वाली के आगे वह दिल हार चुका हो।

आनंद आज पूरे कॉन्फिडेंस में था। ऊपर से महादेव का आशीर्वाद भी सुबह-सुबह प्राप्त हो चुका था और महादेव तो भोलेशंकर हैं, सच्चे दिल से जो माँगो दे देते हैं। भस्मासुर को भी तो दे दिया था वरदान कि जिसके सिर पर भी हाथ रखेगा वह तुरन्त जलकर भस्म हो जायेगा। लेकिन भस्मासुर था अलग चंट, महादेव पर ही वरदान ट्राई करने लग गया था। इन्हीं कुछ एक पगलेटों के चक्कर में ही भगवान ने यह वरदान वाला सिस्टम बंद कर दिया होगा।

बहरहाल, आज आनंद पर ईश्वर की कृपा थी। क्लास खत्म होने के बाद जैसे ही बच्चे क्लास से निकलना शुरू हुए, उसने फट से उस लड़की से कहा, "सुनिए!"

"येस?" उस लड़की ने आनंद की तरफ पलटकर देखा और आनंद उसे देखते ही बुत हो गया।

"कोई इतना सुन्दर कैसे हो सकता है?" उसने मन में सोचा।

"तुमने मुझसे कुछ कहा क्या?" उस लड़की ने दोबारा कहा।

"हाँ... ह... हम वही हैं जो परसो आपको प्रिन्सिपल ऑफिस का रास्ता बताये थे।"

"येस... येस... आई रिमेम्बर। लेकिन इसमें इतना घबराकर बोलने वाली क्या बात है?"

"वह थोड़ा फीमेल इंटरेक्सन कम रहा है बचपन से ही... बस इसी वजह से थोड़ा हिचकिचा जाते हैं।" आनंद ने सीधा वही कहा जो उसके दिल में था।

"अच्छा! बाय द वे, मेरा नाम लिशा है।" उस लड़की ने मुस्कुराहट के साथ हाथ आगे बढ़ा दिया।

"मेरा नाम आनंद कुमार है।" आनंद ने तुरंत हाथ मिला लिया, "लेकिन आपका नाम थोड़ा अजीब... मतलब अलग सा है, लिसा!"

"हाँ, यूनिक है। मगर लिसा नहीं, इट्स लिशा।"

"अरे, वह स में थोड़ा दिक्क़त है। माइंड मत कीजिएगा।"

"अच्छा-अच्छा।"

"आप कैंटीन चलियेगा मेरे साथ? हम कल समोसा खाये थे, बहुत टेस्टी बनाया हुआ था।"

"वाह! अभी तक तुमने लड़कियों से ढंग से बात भी नहीं की थी और अब सीधा कैंटीन चलने के लिए पूछ रहे हो। बड़ी चालू चीज़ हो तुम तो!"

"अरे नहीं-नहीं... मेरा वह मतलब नहीं था। नहीं जाइएगा तो कोई नहीं, हम अकेले जाते हैं।" आनंद अपना बस्ता उठाकर बाहर निकलने लगा।

"अरे रुको यार। पूछकर भाग रहे हो। मैं तो बस यह कह रही थी कि समोसा नहीं खाती हूँ मैं और वैसे भी लंच टाइम है, पण्डित जी पर जा रही थी मैं तो। तुम चलना चाहो तो चल सकते हो।"

भला आनंद को इसमें क्या दिक़्क़त हो सकती थी? उसने तुरंत हामी भर दी। पहली बार कोई लड़की उसे साथ चलने के लिए पूछ रही थी। चुपके से उसने एक नज़र अपनी हथेली पर मार ली। रेखा तो अब भी नहीं बनी थी, लेकिन वह जो हल्का मीठा-सा एहसास होता है ना, उसे वह ज़रूर महसूस हुआ था।

लिशा बीकॉम प्रोग्राम सेक्शन 'सी' में थी। ग़ाज़ियाबाद में खुद का घर था, लेकिन यहाँ विश्वविद्यालय के अंडरग्रेजुएट गर्ल्स हॉस्टल में रहती थी। कॉलेज से पण्डित जी की दूरी पाँच मिनट की थी, लेकिन दोनों ने यह दूरी पन्द्रह मिनट में पूरी की। पहली मुलाकात में जितना एक-दूसरे के बारे में जाना जा सकता था दोनों ने जान लिया था। जान-पहचान से थोड़ा ज्यादा और दोस्ती से थोड़ा कम।

लिशा की क्लास रूम नंबर 311 में चलती थी। आनंद अपने लेक्चर के लिए आज प्रिंसिपल ऑफिस, ओल्ड बिल्डिंग से होता हुआ ग्राउंड के रास्ते न्यू बिल्डिंग पहुँचा, ताकि अपनी क्लास से पहले लिशा की क्लास रास्ते में पड़े। पहली नज़र में लिशा उसे क्लास में कहीं नहीं दिखी। रूम नंबर 311 को पार करके वह अपनी क्लास के दरवाज़े के पास रुक गया और वापस से एक बार नज़र मारने के लिए सोचने लगा। इतने में दूसरी तरफ से उसे बसंत सावरिया आता हुआ दिखा। शायद पानी वाले कूलर की तरफ से आ रहा था।

"अरे बसंत भाई, चल रहा है क्या पानी वाला कूलर?" आनंद ने उसकी तरफ बढ़ते हुए आवाज़ लगायी और एक बार फिर रूम नंबर 311 के भीतर झाँक लिया।

"हाँ, ऑन है।" बसंत ने अपने हाथ की बोतल दिखाते हुए कहा। आनंद ने झट से पानी की बोतल उसके हाथ से ली और रूम नंबर 311 के दरवाज़े के सामने वाली दीवार पर टेक लेकर पानी पीने लगा। अंततः जिसकी उसे प्रतीक्षा थी वह उसे दिख गयी। सीढ़ियों से क्लास की तरफ आते हुए। लिशा उसे देखकर मुस्कुरायी। जवाब में वह ज़्यादा दाँत चियार के मुस्कुराया। बसंत को समझते देर नहीं लगी कि यह ठण्डे पानी की जाँच-पड़ताल किस वजह से की गयी थी। लिशा के क्लास में घुसते ही उसने उसे 'एहे-एहे-एहे' करके चिढ़ाना शुरू किया। आनंद ने शरमाकर ज़ाहिर कर दिया कि लिशा की सुन्दरता देखकर जो आकर्षण उसके लिए उसके मन में पैदा हुआ था, अब वह प्रेम का रूप ले चुका है।

हिंदी की क्लास खत्म होने के बाद लिशा आनंद को लेकर कॉलेज के पास वाले मोमोज पॉइंट पर गयी। वहाँ पहुँचते ही उसने दो प्लेट चिकन मोमोज

का ऑर्डर कर दिया। आनंद पहली मर्तबा मोमोज खा रहा था। उसने जैसे ही मोमोज का पहला टुकड़ा अपने मुँह में रखा, उसे लगा जैसे किसी ने कच्चा मैदा उसके मुँह में डाल दिया हो। ऊपर से मोमोज की लाल चटनी इतनी तीखी थी कि वह छाती पकड़कर खाँसने लगा। लिशा ने अपने बैग से पानी की बोतल उसे दी और उसके पीछे खड़े होकर उसकी पीठ सहलाने लगी।

"अब ठीक हो?" जब आनंद का खाँसना बंद हुआ, तब लिशा ने पूछा।

"हाँ, ठीक है। लेकिन कितना मिर्च था चटनी में!" आनंद ने सुसुआते हुए कहा।

"मोमोज की चटनी तो यार ऐसी ही होती है। तुमने पहली बार खाया है क्या?"

"हाँ, अब मेरे गाँव में थोड़े ना मिलता है यह सब।"

लिशा का चार महीने पहले ब्रेकअप हुआ था। उसे कंधे की ज़रूरत थी, और आनंद से बेहतर कंधा उसे मिलता नहीं। लेकिन कब उसकी ज़रूरत आदत में बदल गयी, उसे जान ही नहीं पड़ा। शाम को टहलते हुए आनंद उसके हॉस्टल की तरफ चला जाया करता था, जहाँ कंपाउंड में बैठ दोनों शाम को रात की चादर ओढ़ते हुए देखते।

पहली बार जब लिशा ने उसे अपने हॉस्टल बुलाया था तो वह बहुत डरा हुआ था। उसे मालूम नहीं था कि लड़कों को गर्ल्स हॉस्टल के कंपाउंड तक जाने की इजाज़त होती है। वरना उसने फिल्मों में तो हीरो को पाइप चढ़कर वार्डन से छुपते-छुपाते ही हीरोइन के हॉस्टल में घुसते हुए देखा था। ऊपर से टीवी पर दिखाये जाने वाले क्राइम शोज ने उसके दिमाग में अलग छाप छोड़ रखे थे। एक एपिसोड में दिखाया गया था कि एक लड़की ने एक लड़के को अपने कमरे पर बुलाकर अपने दोस्तों के साथ मिलकर बहुत प्रताड़ित किया था। बाद में उस लड़के की लाश लड़की के बिस्तर के अंदर मिली थी। आनंद जब लिशा के हॉस्टल पहुँचा तो अंदर जाने से ही मना कर दिया। लिशा ने जिद की तो आँखें भर आयीं। बाद में दूसरे लड़कों को हॉस्टल से बाहर निकलते देखा, तब कहीं यकीन हुआ था कि अंदर जाना सुरक्षित है।

समय अपनी गति से बीत रहा था। आनंद को शिवलिंग पर जल चढ़ाते हुए भी छः सोमवार हो चुके थे, लेकिन अब उसे रेखा की कोई लालसा नहीं रह गयी थी। लिशा का साथ उसे उसी तरह से मिल रहा था, जिस तरह से हर मनुष्य अपने जीवन में भावनात्मक साथ चाहता है। लिशा के साथ ने उसे पूरी तरह से

इमरोज़ की अमृता

बदल दिया था। दिवाली पर खरीदी हुई चेक शर्ट और पैंट की जगह अब वी नैक वाली टीशर्ट और रुग्गड जीन्स ने ले ली थी। आनंद ने एक सेकण्ड हैण्ड मोटरसाइकिल खरीद ली थी। सुबह कॉलेज जाने से पहले वह लिशा के हॉस्टल जाता और फिर उसे लेकर कॉलेज। कॉलेज ख़त्म होने के बाद उसे हॉस्टल छोड़ता और शाम को फिर उसे लेकर कैम्पस के चक्कर काटने निकल जाता। जब भी उसे लेक्चर उबाऊ लगते, लिशा को लेकर वह मुर्थल पराठे खाने निकल जाता। लिशा को भी आनंद के साथ सुरक्षित महसूस होता था। आनंद अपना दायरा समझता था, इसीलिए जब भी घूमते-घूमते शाम से देर रात हो जाती तो लिशा अपने हॉस्टल जाने के बजाये आनंद के कमरे पर ही रुक जाया करती थी। जाने-अनजाने ही वे दोनों एक-दूसरे के बेहद करीब हो गये थे। उनका रिश्ता अब दोस्ती से बढ़कर हो चुका था। दोनों के दिन की शुरुआत बिना एक-दूसरे को देखे नहीं होती थी और ना ही दोनों की शाम बिना एक-दूसरे के ढलती थी। ऐसी ही एक शाम आनंद ने लिशा से कहा, "तुम्हें पता है, हमारे हाथ में प्यार की रेखा होती है।"

"अच्छा! कहाँ?"

"यहाँ।" आनंद ने अपनी हथेली लिशा को दिखाते हुए कहा था।

लिशा ने उस जगह को छूकर देखा। उसके छूते ही आनंद का वह हिस्सा खिल गया था। लिशा ने अपने नाखूनों को उस जगह चुभोकर छोटी सी एक रेखा यूनियन लाइन से जोड़ दी थी और कहा था, "क्या ऐसी ही होती है प्यार वाली रेखा?"

आनंद ने कोई जवाब नहीं दिया। चुपचाप एकटक लिशा की आँखों में निहारता रहा। उसके बाद उन दोनों के बीच के मौन ने सारे संवाद कहे थे।

सितम्बर के मध्य में कॉलेज इलेक्शन खत्म हुआ। रौशन सिंह 1263 वोटों से हार गया था। उसका पूर्वांचल एकता वाला अजेंडा भारी मतों से परास्त हुआ था, क्योंकि उसके विपक्ष में खड़े प्रशांत ने छात्रों के आगे पूल पार्टी, क्लब पार्टी, कैंटीन की डिशेज में बढ़ोतरी वाला अजेंडा रख दिया था। इलेक्शन जीतने के लिए उसने अनौपचारिक रूप से कई बार फर्स्ट और सेकण्ड इयर के छात्रों को पार्टी दी थी और रौशन सिंह की हार का यही सबसे बड़ा कारण था।

अब जो चुनाव जीता उसे कॉलेज फ्रेशर की पार्टी आयोजित करनी थी। फ्रेशर पार्टी के सारे फंक्शन सभागार में ही होने थे। आनंद और लिशा भी अच्छे से सज-धजकर समय से फ्रेशर पार्टी के लिए पहुँच गये। लिशा उत्साहित थी

क्योंकि सेलेब्रिटी परफ़ॉर्मर के तौर पर उसका पसंदीदा गायक सनम पूरी आने वाला था। आनंद जब लिशा के साथ सभागार पहुँचा तो चहल-पहल ज़्यादा थी। सीट की तलाश में दोनों सभागार के पिछले हिस्से में आ गये, जहाँ से मंच बिल्कुल साफ़ दिखायी पड़ रहा था। जब दोनों अपनी सीट पर बैठ गये और प्रोग्राम शुरू होने का इंतज़ार कर रहे थे, तभी पीछे से आती ठहाकों की आवाज़ सुन आनंद सहम गया। वह इन ठहाकों को पहचानता था। उसने गर्दन घुमाकर देखा। यह वही चेहरे थे जो उस शाम भी दिखे थे। जिन चेहरों को आनंद भुला देना चाहता था, लेकिन आज वह चेहरे फिर से उसके सामने थे। उसकी स्मृतियों में काले धब्बे की तरह। उस शाम का पूरा दृश्य उसकी आँखों के आगे घूमने लगा।

कॉलेज चुनाव में अपनी जीत पक्की करने के लिए उस शाम प्रशांत ने एक अनौपचारिक पार्टी छात्रों के लिए रोहिणी स्थित अपने फार्म हाउस पर आयोजित की थी। लिशा ने जाने से मना कर दिया था क्योंकि उसे इस तरह की पार्टीज नहीं पसंद थी। आनंद भी नहीं जाना चाहता था, लेकिन बसंत की ज़िद की वजह से उसे जाना पड़ा। भेड़-बकरियों की तरह सारे बच्चों को बसों में ठूँस दिया गया। बस रोहिणी स्थित प्रशांत के फार्म हाउस पर पहुँच गयी। पार्टी अच्छी चल रही थी। कोल्ड ड्रिंक से लेकर शराब-सिगरेट तक की व्यवस्था थी। फार्म हाउस भी काफी बड़ा था। एंट्री के साथ ही बड़ा सा घास वाला मैदान जहाँ गाड़ियों के पार्किंग की जगह के साथ-साथ खाने पीने की व्यवस्था की गयी थी। रात ग्यारह बजे तक आधे से ज़्यादा छात्र नशे की हालत में पहुँच चुके थे। चूँकि, आनंद और बसंत शराब नहीं पीते थे, उन्होंने कोल्ड ड्रिंक दबाकर पी। लगभग पाँच-छः ग्लास कोल्ड ड्रिंक पीने के बाद आनंद को बहुत ज़ोर का पेशाब लगा। बसंत इस कार्य में उसका साथ नहीं देना चाहता था। वह अपने पेशाब आने तक का इंतज़ार कर रहा था। वाशरूम की तलाश में आनंद फार्म हाउस की दूसरी मंज़िल पर पहुँच गया था। वापस लौटते समय उसने देखा दूसरी मंज़िल पर एक कमरा है जिसके भीतर से गानों की बहुत तेज़ आवाज़ आ रही थी। उसके मन में भीतर के दृश्य को देखने की इच्छा हुई। भिड़के पड़े दरवाज़े को खोलकर जैसे ही वह अंदर घुसा उसकी आँखें दो नंगी आँखों से टकराई। मदद के इंतज़ार में शुष्क हो चुकी दो आँखें। जिसका बदन बेलिबास नुचा हुआ था। जिसके कपड़े उसकी देह से कहीं दूर पड़े थे। उन दोनों आँखों ने एक बार उसकी आँखों को देखा और आस में फूट पड़ीं।

"क्या है बे? भाग यहाँ से भोसड़ी के!" किसी सख्त आवाज़ ने उसकी आँखों को उन दो आँखों से भ्रमित कर दिया। उसने देखा वह चेहरे जो आज उसे

इमरोज़ की अमृता

सभागार में दोबारा दिखे थे। वह चेहरे जो ना तो प्रशांत के साथ थे, ना ही रौशन सिंह के साथ। उन चेहरों को उसने रौशन के लिए कैम्पेनिंग करते हुए भी देखा था और प्रशांत की अनौपचारिक पार्टियों में दावतें उड़ाते हुए भी। वह चेहरे जो सिर्फ़ अवसरवादी थे। उसने कुछ कहना चाहा, लेकिन रुक गया। उसे बसंत की बात याद आ गयी- "कॉलेज राजनीति बहुत बुरी चीज़ है। इससे जितना दूर रहो उतना अच्छा है। कुछ देखो भी तो आँखें फेर लो।" उसने आँखें फेर ली थीं। आँखों पर कायरता की पट्टी बाँधे वह उसे कमरे से बाहर आ गया। उसके बाद उसने गानों के साथ मिली हुई ठहाकों की आवाज़ सुनी थी।

"तुम कायर हो।" इस स्वर ने उसका ध्यान तोड़ा। मंच पर कॉलेज की थिएटर सोसाइटी कोई नाटक प्रस्तुत कर रही थी। उसका मन विचलित होने लगा। उसे ग्लानी महसूस हो रही थी। उसने लिशा की तरफ देखा, जो उसके बाजुओं पर अपना सिर टिकाये मंच की ओर देख रही थी। अगर लिशा उस लड़की की जगह होती तो भी क्या वह इसी तरह आँखें फेरकर लौट आता? उसका मन व्याकुल होने लगा। वह भागना चाहता था। उसे उल्टियाँ आ रही थीं। वह अपनी जगह पर खड़ा हुआ और भागते हुए सभागार से बाहर निकल गया। लिशा जिसे कुछ भी समझ नहीं आया था उसके पीछे-पीछे भागी।

सभागार से निकलकर वह कॉलेज से बाहर आ गया। बाहर निकलते ही वह एक पेड़ की ओट में खड़ा हुआ और उल्टियाँ करने लगा। लिशा उसके पास आकर खड़ी हो गयी। उसने उसका हाथ पकड़ा और वहाँ लगी बेंच पर उसे बिठा दिया।

"मैं कायर हूँ।" उसने कहा।

"क्या हुआ आनंद?" लिशा ने उसका हाथ कसकर पकड़ लिया।

"मैंने पाप किया है, लिशा।" उसकी आँखें भी वैसी ही शुष्क पड़ गयी थीं।

"क्या बोल रहे हो आनंद? मेरी कुछ समझ नहीं आ रहा है।"

उसने कोई जवाब नहीं दिया।

"बोलो ना क्या हुआ?" जवाब की प्रतीक्षा में लिशा ने दोबारा पूछा।

उसने काँपते स्वर में लिशा को सब बता दिया। अपनी कायरता, अपनी ग्लानि, सब लिशा के सामने रख दी। उसकी बात सुनते ही लिशा ने अपने हाथ पीछे खींच लिये। लिशा के हाथ पीछे खींचते ही उसके हाथों से प्यार की रेखा मिट गयी। लिशा चली गयी। आनंद वहीं बैठा रहा, अपनी कायरता और ग्लानियों के साथ।

निब्बा-निब्बी – एक प्रेम कथा

यह बात है साल 2015 की। दरभंगा के रोज मैरी पब्लिक स्कूल में यह बात आग की तरह फ़ैल चुकी थी कि कॉमर्स वाले आयुष ने साइंस वाली स्मृहा को पटा लिया है। अब आप सोच रहे होंगे कि इसमें कौन-सी ऐसी बड़ी बात है? तो जनाब बात है! बिहार में आज भी आर्ट्स और कॉमर्स लेने वाले छात्रों को कुत्ता-बिल्लाई से कम नहीं समझा जाता है। बेटा कॉमर्स लेकर कल को सीए ही क्यों ना बन जाये, लेकिन बाप के मन में यह मलाल रह ही जाता है कि पड़ोस वाले झा जी का लड़का मैथ्स लेकर कोटा से इंजीनियरिंग की तैयारी कर रहा है। यह भी इंजिनियर हो जाता तो बात ही कुछ और होती। ऐसी मानसिकता के रहते हुए, जब एक कॉमर्स का एवरेज दिखने वाला लड़का भविष्य की संभावित डॉक्टर को पटा ले तो इसमें बड़ी बात नहीं है क्या!

खैर, जब आयुष ने स्मृहा को पटाया तो पूरे स्कूल में उसका अलग ही स्वैग हो गया था। अब तक जहाँ वह गुमनामी की ज़िन्दगी जी रहा था, वहीं स्मृहा के हाँ कहते ही वह स्कूल का सबसे प्रसिद्ध लड़का हो चुका था। छात्र तो छात्र स्टाफ रूम में भी इसी बात की चर्चा थी। एकाउंट्स वाले सुधीर मिश्रा सर ने तो उसे अपना द्रोण मान लिया था। पिछले ढाई साल से जहाँ वह फिजिक्स वाली चंदा प्रभा मिस को अपने प्रेम जाल में फँसाने का भरसक प्रयास कर चुके थे और चंदा प्रभा मिस ने उन्हें घास तक नहीं डाली थी, वहाँ उनके ही छात्र ने इतना बड़ा लक्ष्य भेद दिया था।

कुछ साइंस स्ट्रीम वाले लड़के तो आयुष को घेरकर मारने के भी फिराक में थे। अब भला मारे भी क्यों ना? स्मृहा... जो स्कूल की सबसे बोल्ड लड़की थी... जो कक्षा सातवीं से लेकर कक्षा आठवीं तक के हर लड़के की क्रश थी... जिसके साथ लड़के सात फेरे लेने तक के सपने सजा चुके थे... जो स्कर्ट को घुटने से ऊपर रखती थी... हर समय मुँह में स्टाइल से च्वेंगगम चबाती रहती थी... जिसका फिगर 'कभी ख़ुशी कभी गम' वाली करीना कपूर से प्रेरित था... जो हर हफ्ते मैनीक्योर और पेडीक्योर करवाने दरभंगा के सबसे महँगे पार्लर में जाती थी... उसको कोई और लड़का, वह भी कॉमर्स का पटा ले तो क्या यह बात बाकियों को हजम हो जाती? लेकिन किसी में भी इतनी हिम्मत नहीं थी कि आयुष को छू भी ले। स्मृहा जितनी छुई-मुई सी दिखती थी, अंदर से उतनी ही

ब्लंट थी। मुँह पर लड़कों को मैथिली में गाली दे देती थी। पक्की मैथिल ब्राह्मण थी।

अरे, यह बात तो बतायी ही नहीं आपको कि आयुष ने स्पृहा को पटाया कैसे! अब क्या है कि लड़कियों के मिज़ाज को तो ईश्वर भी नहीं समझ पाये, हम और आप क्या चीज़ हैं! लड़कियों की इच्छा हो तो जॉ लाइन वाले ग्रीक गॉड दिखने वाले लड़के को भी ना कह दें और कभी-कभी मोटा चश्मा लगाने वाले ठिगने को भी ब्याह रचाने तक के सपने दिखा दे।

सीबीएसई से बारहवीं में पाँचवा पेपर ऑप्शनल होता है। दोनों ने ही ऑप्शनल में म्यूजिक लिया था। म्यूजिक में पचहतर नंबर स्कूल से इंटरनल मार्क्स के तौर पर मिलते थे और बाकी बचे पच्चीस नंबर की बोर्ड परीक्षा होती थी। यही समय था जब म्यूजिक वाले सर की कमाई पाँच फिगर से छः फिगर में चली जाती थी। पूरे स्कूल को यह बात पता थी कि इंटरनल में अगर पूरे नंबर चाहिए तो म्यूजिक वाले सर से कोचिंग पकड़ लो। पन्द्रह सौ रुपये फीस थी उनकी और जो नोट्स वह देते थे, बोर्ड्स में ज़्यादातर सवाल उसी से टकरा जाते थे। मतलब सौ में से अनठानबे-निनानबे तो यूँ ही लाया जा सकता था।

आयुष और स्पृहा भी शाम को वहीं जाते थे। एक रोज़ जब म्यूजिक वाले सर बच्चों को ब्रेक देकर अपने और अपनी पत्नी के लिए चाय बनाने गये, तब मैथ्स वाले शिवम ने एक पर्ची पर 'आई लव यू' लिखकर स्पृहा की तरफ फेंक दिया। उसने पलटकर देखा तो पीछे आयुष बैठा हुआ था। काले रंग की हाफ शर्ट और फटी हुई नीली जीन्स पहने। उस रोज़ ठीक-ठाक सा ही लग रहा था। स्पृहा उसे देखकर मुस्करायी और फिर आँख मार दिया। आयुष को कुछ समझ नहीं आया बस लजा के मुस्कुराने लगा।

कोचिंग के बाद जब आयुष निकला तो स्पृहा भी उसके पीछे-पीछे चल दी। नाका छः पर उसे रोकते हुए उसने कहा, "ऐ सुनो!"

"क्या हुआ?"

"तुम ट्यूशन में हमको यह चिट्ठी क्यों दिया?" स्पृहा ने अपनी एक भौं उठाते हुए कहा।

"कौन-सा चिट्ठी?" आयुष ने आश्चर्य से कहा।

"ज़्यादा भोला न बनो। सब पता है हमको तुम लड़का लोग का। वैसे हमको उदित नारायण बहुत पसंद है, उनका कोई गाना सुनाओगे तब इस चिट्ठी का

जवाब देंगे।" इतना बोलकर स्पृहा अपनी साइकिल की पैडल मार आगे निकल गयी।

आयुष को लगा स्पृहा उससे प्यार करती है और स्कूल की सबसे सुन्दर लड़की होने की वजह से ख़ुद इज़हार नहीं करना चाहती। वह तुरंत मोबाइल दुकान पर गया और उदित नारायण के सारे गाने अपने दो जीबी चिप में डलवा आया और रात भर में एक गाना तैयार किया।

अगले रोज़ जब सारे बच्चे हारमोनियम पर बैठकर रियाज़ कर रहे थे, तब आयुष ने स्टाइल में हारमोनियम लिया और स्पृहा की तरफ देखते हुए गाना शुरू कर दिया:

"दिल मेरा हर बार यह सुनने को बेक़रार है...
कहो ना प्यार है... कहो ना प्यार है..."

जवाब में स्पृहा ने भी गाना आगे बढ़ा दिया:

"हाँ तुमसे प्यार है... कि तुमसे प्यार है...
इन प्यारी बातों में अनजाना इकरार है..."

कोचिंग ख़त्म होने के बाद आयुष और स्पृहा अपने रिलेशनशिप की पार्टी मनाने समोसे की दुकान पर गये। एक बोतल पेप्सी में दो स्ट्रॉ डालकर दोनों ने अपने रिश्ते की शुरुआत की। उसके बाद मनोकामना मंदिर में माथा टेका और दोनों ने एक बड़े से पेड़ पर दिल बनाकर अपना-अपना नाम लिख दिया। यहीं से शुरू हुई निब्बा-निब्बी की प्रेम कहानी।

दोनों के रिलेशनशिप को तीन महीने बीत चुके थे और इन दोनों के बीच निब्बा-निब्बी प्रेम संवाद ऊँचे स्तर पर चल रहा था। जहाँ इन दोनों को आगे अपने भविष्य के बारे में सोचना चाहिए था, वहाँ ये "मेले बाबू ने थाना त्यों नहीं थाया?" इस बात पर लड़ते थे। शादी में मैचिंग ड्रेस बनवायेंगे यह तय हो चुका था। गुलाबी रंग की शेरवानी और गुलाबी रंग का जोड़ा। हनीमून पर गोवा घूमने जायेंगे और कौन से होटल में रुकेंगे साइबर कैफ़े जाकर यह भी देख लिया था दोनों ने। गोवा का सबसे महँगा हनीमून स्वीट फाइनल हुआ था। बच्चों तक के

नाम सोच लिये गये थे। लड़का हुआ तो कार्तिक और लड़की हुई तो नुशरत। उसी साल "प्यार का पंचनामा 2" पिक्चर आयी थी। दोनों छुपकर बारह से तीन वाला शो देखने गये थे। आयुष ने स्कूल ड्रेस के अंदर टीशर्ट पहन रखी थी। घर से थोड़ी दूर पहुँचते ही उसने शर्ट उतारकर बैग में डाल ली। स्पृहा ने भी कुछ ऐसा ही किया। रेलवे स्टेशन के लेडिज वाशरूम में जाकर कपड़े बदल आयी थी। फिर दोनों ने नाका पाँच के पास वाले नेशनल सिनेमा हॉल की बालकनी में एक-दूसरे से चिपककर पूरी पिक्चर देखी थी।

आयुष का मन अब 'डेबिट व्हाट कम्स इन एंड क्रेडिट व्हाट गोज आउट' में नहीं बल्कि स्पृहा से 'रिप्रोडक्टिव सिस्टम' की थ्योरी समझने में ज़्यादा लगने लगा था और स्पृहा भी एक प्रतिभावान शिक्षक की तरह उसे मैसेज पर पूरे विस्तार से इंटरकोर्स समझाती थी।

एक रोज़ मोर्निंग असेंबली में जाते समय स्पृहा ने आयुष को मैसेज करके केमिस्ट्री लैब में मिलने को कहा। स्पृहा आयुष को रिप्रोडक्टिव सिस्टम का प्रैक्टिकल पूरी तरह से समझाने के मूड में थी। लेकिन आयुष केमिस्ट्री लैब में पहुँचते ही उसे टाइम मैनेजमेंट समझाने लग गया। बस इन्हीं दो एक वजहों के कारण ही शायद कॉमर्स वालों को कुत्ता-बिलाई समझा जाता होगा। स्पृहा को लगा कि यह ऐसे शांत नहीं होगा, सो उसने उसका मुँह पकड़ा और उसके होंठों पर अपने होंठ रख दिये। आयुष के पूरे शरीर में कनकनी उठने लगी। सितंबर के महीने में उसे जनवरी वाले ठण्ड की कनकनी का एहसास हुआ था। उसके बाद जब तक असेम्बली चली, आयुष रिप्रोडक्टिव वाला चैप्टर अच्छे से समझ चुका था।

श।।म को जब आयुष बिना टीशर्ट के आईने के सामने खड़ा हुआ तो अपनी छाती पर स्पृहा के द्वारा दिया गया प्रेम चिन्ह देखकर मुस्कुराने लगा। उसके सफ़ेद सपने अचानक से रंगीन हो गये थे।

रात को खाना खाने के बाद उसने स्पृहा को मैसेज किया,

"खाना खाया बेबी आपने?"

"हाँ जी, खा लिया।"

"क्या खाया मेले बाबू ने?"

"आपको अपना बनाने की क़सम बाबू।"

"Awww... हम कितना लकी हैं, जो आप हमको मिली। बेबी, हमको

बहुत याद आ रहा है आपका।"

"मेरा या मेरे किस्सी का?"

"दोनों का। लेकिन बेबी हमको थोड़ा डर भी लग रहा है। कहीं कुछ हो गया तो! कहीं आप प्रेग्नेंट हो गये तो!"

"प्रेग्नेंट हो गये बेबी, तो हम शादी कर लेंगे।"

"हाँ बेबी, फिर तो हम हर रोज़ किस्सी करेंगे।"

"Haww... पागल!"

हफ्ता भर बीत चुका था। कॉमर्स डिपार्टमेंट के छात्र स्कूल की तरफ से दो दिन की पिकनिक मनाने बोधगया जा रहे थे। सभी को सुबह के छः बजे स्कूल के बाहर मिलना था, फिर वहाँ से सब बस में साथ जाते। आयुष ने भी पूरी पैकिंग कर ली थी और यह भी मुकर्रर कर लिया था कि पिकनिक पर दोस्तों के साथ क्या-क्या मस्ती करनी है। यह भी तय हुआ था कि हर पन्द्रह मिनट पर ट्रिप की पूरी अपडेट स्पृहा तक पहुँच जानी चाहिए। लेकिन बीती रात स्पृहा के एक मैसेज ने उसके सारे प्लान पर मिट्टी डाल दिया था।

"यह क्या किया बेबी आपने मेरे साथ! हम प्रेग्नेंट हो गये हैं। हमको बहुत डर लग रहा है। मेरे घरवाले सब मेरे साथ-साथ आपको भी मार डालेंगे। हम इस जन्म में नहीं मिल पायेंगे बेबी।"

आयुष की तो यह मैसेज पढ़ते ही सिट्टी-पिट्टी गुल हो गयी थी। पिकनिक पर जाने का सारा उत्साह डर में हवा हो गया था।

"आपको कैसे पता चला?" उसने तुरंत कन्फर्म किया।

"बेबी, इस बार हम टाइम से हफ्ता भर पहले ही हो गये हैं। पिछले साल भाभी को भी ऐसे ही हुआ था, फिर जब चेकअप हुआ तो पता चला वह माँ बनने वाली हैं। हमको बहुत डर लग रहा है।"

आयुष को कुछ समझ नहीं आ रहा था कि वह क्या बोले। उसके रंगीन हुए सपने ब्लैक एंड वाइट होते नज़र आ रहे थे। उसने स्पृहा को सुबह आराम से मिलकर बात करने को कहा, लेकिन उस बेचारे को खुद रात भर नींद नहीं आयी।

अगली सुबह आयुष ने स्पृहा को मिलने के लिए मनोकामना मंदिर बुलाया। सोचा, अंत में अगर कोई निष्कर्ष नहीं निकलेगा तो मंदिर में मन्नत माँग लेंगे कि इस बार बचा लो भगवान जी... आगे से नहीं करेंगे।

स्पृहा चेहरे पर गुस्से और डर का मिश्रित भाव लिये हुए आयी और आते ही आयुष को दो-तीन थप्पड़ जड़ दिये। फिर मंदिर के पीछे जाकर उसके गले लगकर खूब रोयी। घण्टा भर बीतने के बाद भी कोई निष्कर्ष नहीं निकला था। किसी से सलाह-मशवरा भी नहीं ले सकते थे। बात घरवालों तक पहुँचने का डर था। डॉक्टर के पास जाना सबसे बड़ी बेवकूफी साबित हो सकती थी। अचानक आयुष को कुछ सूझा और वह स्पृहा को लेकर पास वाले साइबर कैफ़े में गया। काउंटर पर बीस रुपया जमा करने के बाद पूरी तस्सली से एक घण्टे तक प्रेगनेंसी और उससे जुड़े मिथ्यों के बारे में ज्ञान अर्जित करता रहा और अंत में यही निष्कर्ष निकला कि मिस्ड पीरियड का मतलब प्रेगनेंसी होता है।

कैफ़े से निकलने के बाद दोनों वापस मंदिर गये। पैसे मिलाकर दोनों ने सवा किलो लड्डू चढ़ाया। टेंशन खत्म हो चुकी थी। स्पृहा का चेहरा जो टेंशन और डर की वजह से लाल हो गया था, वापस से अपने संगमरमरी रंग में लौट आया था। मंदिर से निकलने के बाद आयुष ने स्पृहा से बस एक ही बात कही, "जितना मेहनत से आप हमको रिप्रोडक्टिव सिस्टम पढ़ा रही थी, उतना ही मेहनत से खुद पढ़ लेती तो हम अभी अपने दोस्त सब के साथ पिकनिक पर 'यूँ ही चला चल राही' गाना गा रहे होते।"

संबंध

अगस्त का मध्य था। शाम का पाँच बजा होगा। पिछले एक घण्टे से माधव की कोई मीटिंग चल रही थी। मीरा उसे आठ बार फ़ोन कर चुकी थी। उसने उसके सारे फ़ोन कॉल्स को अनदेखा कर दिया था। अमर ने भी उसे काफ़ी फ़ोन किये थे। उसने किसी का कोई जवाब नहीं दिया। छः बजे के करीब माधव की मीटिंग खत्म हुई। मीटिंग वाले कमरे से निकलकर उसने सीधा अमर को फ़ोन मिलाया,

"हैलो, क्या हुआ? इतने फ़ोन क्यों कर रहे थे?" माधव ने लगभग चिल्लाते हुए कहा।

"माता जी गुज़र गयी। आप घर चले आइये।" अमर की आवाज़ में दुख था।

माधव कुछ नहीं कह पाया। अमर जवाब की प्रतीक्षा में कुछ देर तक हैलो-हैलो कहता रहा, लेकिन माधव ने बिना कुछ कहे फ़ोन काट दिया। उसे पूरे शरीर में स्पंदन सा महसूस होने लगा था। वह पास रखी कुर्सी पर धप्प से गिर पड़ा। कुछ देर के लिए ऑफिस का शोर सन्नाटे में तब्दील हो चुका था। उसे कुछ भी सुनायी नहीं पड़ रहा था। उसकी आँखों की कोरों से आँसू झाँकने लगे थे। उसने हिम्मत करके छुट्टी के लिए आवेदन डाला और ऑफिस से निकल गया।

फ्लैट पर जाते हुए उसने सुबह चार बजे की फ्लाइट के दो टिकट बुक किये, फिर कुछ सोचकर एक टिकट कैंसिल कर दी। अपनी बिल्डिंग में पहुँचने के बहुत देर बाद तक वह अपनी गाड़ी में ही बैठा रहा। पिता को फ़ोन करने का सोचा, लेकिन उँगलियाँ ठिठकने लगीं। उसने फ़ोन बंद करके गाड़ी के डैशबोर्ड पर रख दिया।

उसके और उसके पिता के बीच हमेशा से ही एक वैचारिक मनभेद रहा था और शायद यही वजह थी कि उसके पिता ने उसे फ़ोन करके उसकी माँ के गुज़र जाने की खबर उसे नहीं दी थी।

पाँच साल पहले उसकी शादी मीरा से हुई थी। वह यह शादी नहीं करना चाहता था। उस समय वह अंकिता नाम की लड़की के साथ प्रेम संबंध में था। अंकिता उसके साथ ऑफिस में काम करती थी। ढाई साल का संबंध था उनका जो उसके पिता के इच्छा की बलि चढ़ चुका था। अंकिता दूसरी जाति की थी और इसीलिए उसके पिता ने उनके रिश्ते को नहीं स्वीकारा था।

शादी के बाद दो साल माधव और मीरा साथ रहे, लेकिन कुछ खास जमा नहीं। दो साल तक उनके बीच कुछ पनपा तो वह था दुख, पीड़ा, लासदी और शिकायतें। उसने मीरा से अलग होने का फैसला कर लिया। और यही बात उसके पिता को खल गयी। उसके पिता यह तनिक भी बर्दाश्त नहीं कर सकते थे कि कोई उनके फैसले के विरुद्ध जाये। अलग होने में उन दोनों की सहमति थी, लेकिन उसके पिता को सिर्फ़ उसकी गलती नज़र आयी। उन्होंने उससे सारे संबंध तोड़ दिये। मीरा वापस घर चली गयी, माधव के माता-पिता के पास। मीरा के घर लौटने के कुछ दिनों बाद ही उसने अंकिता के साथ लिव-इन में रहना शुरू कर दिया था। उसका और मीरा का तलाक़ नहीं हुआ था और ना ही उसने अंकिता से शादी की थी।

वह थके हुए क़दमों से अपने फ्लैट तक पहुँचा। आँखें बोझिल हो चुकी थीं। काँपती उँगलियों से उसने दरवाज़े की घंटी बजायी और वहीं दरवाज़े पर सिर टिकाकर खड़ा हो गया। बचपन में जब माँ शाम के समय बाज़ार चली जाया करती थी, वह देहरी पर बैठा माँ के लौटने तक उनकी प्रतीक्षा करता रहता था। और माँ जैसे ही लौटती वह उनके गले से लिपटकर रोने लगता था, जैसे माँ बहुत समय बाद कहीं से लौटी हो। लेकिन अब लौटने की कोई उम्मीद नहीं बाकी रह गयी थी।

अंकिता ने जैसे ही दरवाज़ा खोला, वह उसके गले लगकर रोने लग गया। ठीक वैसे ही जैसे वह बचपन में माँ के गले लगकर रोया करता था। अपने पिता से मनभेद के चलते उसने माँ से भी एक दूरी बना ली थी, लेकिन माँ ने कभी भी उसे खुद से अलग नहीं किया था।

अंकिता माधव से बार-बार पूछती रही, लेकिन उसके कंठ से कुछ भी नहीं फूटा। वह खुद भी शायद इस सत्य को नहीं मानना चाहता था। वह उठकर कमरे में आ गया और सामान पैक करने लगा।

“क्या हुआ? कहाँ जा रहे हो?”

“माँ... ” अंत में केवल यही शब्द निकले उसके कंठ से। अंकिता समझ गयी। उसने कुछ नहीं कहा। उसने बड़ी ममता से उसका सिर पकड़कर अपने सीने पर धर लिया। बहुत देर तक वे दोनों उसी तरह एक दूसरे से लिपटकर रोते रहें। अंकिता जानती थी कि माधव उसे अपने साथ घर नहीं ले जा सकता था, इसलिए उसने कोई ज़िद नहीं की।

माधव की फ्लाइट चार बजे की थी। वह डेढ़ बजे फ्लैट से हवाईअड्डे के

लिए निकल गया।

माँ को हवाईजहाज़ में चढ़ने से हमेशा डर लगता था। दसवीं की बोर्ड परीक्षा के बाद जब वह, माँ और उसके पिता घूमने के लिए कलकत्ता गये थे, तब माँ ने हवाईजहाज़ के ज़मीन पर उतरने तक उसका और उसके पिता का हाथ पकड़े रखा था। वह इस बात के लिए माँ की नक़ल करते हुए उन्हें हमेशा चिढ़ाता - "आप कितनी डरपोक हो, माँ!" और माँ हर बार हँसते हुए बस इतना ही कहती, "क्या करूँ मेरे बच्चे, ईश्वर ने माँओं को कमज़ोर बनाया ही है।"

एक बार जब माँ लम्बे समय के लिए बीमार पड़ी थी तो उसे अपने पास बुलाकर कहा, "बेटा, मैं हवाईजहाज़ में तेरा और तेरे पापा का हाथ इसलिए नहीं पकड़ती कि मुझे हवाईजहाज़ में बैठने से डर लगता है, बस यह सोचने लग जाती हूँ कि अगर मुझे कुछ हो गया तो मेरे बच्चे अनाथ हो जायेंगे।"

माधव अब सच में अनाथ सा महसूस कर रहा था।

माधव की फ्लाइट सुबह के छः बजे लैंड हुई। हवाईअड्डे से निकलकर वह बस स्टैंड गया और वहाँ से गाँव के लिए बस पकड़ ली। करीब साढ़े तीन साल बाद वह अपने गाँव लौट रहा था। आखिरी बार जब वह गाँव आया था तो मीरा उसके साथ थी। दिल्ली जाने के बाद मीरा पहली बार ससुराल आ रही थी। अमर उन्हें लेने के लिए एअरपोर्ट तक आया हुआ था। माँ ने दरवाज़े पर खड़े होकर ना जाने कौन-कौन से तरीके से उनकी नज़र उतारी थी... लेकिन अब कितना बदल चुका था सबकुछ! सड़कें, दुकानें, सड़क किनारे के पेड़, और संबंध। संबंधों को जीवंत रखने के लिए ज़रूरी होता है कभी-कभी अपनों को माफ़ कर देना, लेकिन इन्सान होना भी अपनी एक मजबूरी है।

घर पहुँचते-पहुँचते दोपहर का तीन बज चुका था। अमर वहीं गाँव के चौराहे पर जहाँ बस रुकती है, उसकी प्रतीक्षा कर रहा था। अमर ने मिलते ही उसके पैर छुए और कहा, "आपने आने में देर कर दी। माता जी का अंतिम संस्कार सुबह ही हो गया।"

"माँ को आग किसने दी?" माधव ने पूछा।

"..." जवाब में अमर चुप रहा, "आप थक गये होंगे, चलिए न घर चलते हैं।"

"तुम चलो। मैं आता हूँ।"

"इस वक़्त कहाँ जायेंगे आप?"

“अंतिम बार माँ को देखने।”

“मैं भी साथ चलता हूँ।”

कुछ देर बाद दोनों शमशान घाट में बैठे हुए थे। माँ की चिता से अभी धुआँ उठ रहा था। चिता से धुआँ कुछ ऊपर उठता और हवा में एक आकृति लिये ओझल हो जाता। माधव को लगा जैसे वह कोई बुरा स्वप्न देख रहा हो। माँ अभी देर तक सोने के लिए डाटेंगी और वह उनसे लिपटकर रोने लगेगा।

“माता जी चाहती थी कि आप उन्हें अग्नि दें।” अमर ने माधव के कंधे पर हाथ रखते हुए कहा।

माधव चुप रहा।

“चलिए घर चलते हैं। पिता जी इंतज़ार कर रहे होंगे।”

माधव अपनी जगह पर खड़ा हुआ और पैंट पर लगी मिट्टी झाड़कर घर की तरफ बढ़ गया। बरामदे में उसके पिता कुर्सी पर आँखें मूँदे लेटे हुए थे, अपनी मैरून रंग की शॉल ओढ़े हुए। उसने पहली बार अपने पिता के चेहरे पर हताशा महसूस की थी। वह कुछ देर उनके सामने खड़ा रहा। चुप... शांत... एकटक अपने पिता को निहारता हुआ। अमर ने उनके कान में जाकर बताया तब उन्होंने माधव की ओर ध्यान दिया। उन्होंने अमर को इशारे में उसे अंदर ले जाने को कहा। वह अपने ही घर में पराया हो चुका था।

आँगन में मीरा घर की बाकी औरतों के साथ बैठी हुई थी। उसने एक बार मीरा को देखा और फिर नज़रें चुरा लीं। उन दोनों का संबंध जिस तरह से अंत से हुआ था उसमें मीरा की कोई गलती नहीं थी। उसने तो अंत तक उस रिश्ते का दूसरा सिरा मजबूती से थामे रखा था, लेकिन माधव कभी भी उस रिश्ते का पहला सिरा नहीं थाम पाया था।

कमरे में सामान रखकर वह नहाने चला गया। नहाते समय उसने पिछला सबकुछ धोने की बहुत कोशिश की, लेकिन बीते हुए सबकुछ के निशान अब बहुत गहरे हो चुके थे।

नहाने के बाद वह माँ के कमरे में गया। सबकुछ वैसा ही था। कमरे की दीवारें, पर्दे, माँ की काठ की अलमारी जिसको बदलने को लेकर माँ और उसके पिता में हमेशा नोंकझोंक होती रहती थी। उसने अलमारी खोली तो एक ओर माँ के रामचरितमानस का स्टैंड रखा हुआ था जिस पर सुबह-शाम माँ रामायण का पाठ करती थी। सबकुछ वैसा ही तो था, बस माँ नहीं थी। वह दीवार पर

टँगी हुई माँ की तस्वीर के आगे जाकर खड़ा हो गया। उसकी आँखों में आँसू डबडबाने लगे थे।

कुछ देर बाद मीरा चाय लेकर कमरे में आयी। उसे चाय पकड़ाकर वह वहीं बिस्तर पर बैठ गयी।

"कैसे हैं आप?" मीरा ने पूछा।

"ठीक हूँ। तुम कैसी हो?" माधव ने उसके बगल में बैठते हुए कहा।

"अच्छी हूँ... अंकिता जी कैसी हैं?"

"अच्छी है।"

"आपसे बहुत शिकायतें हैं मुझे!" मीरा ने कुछ देर की चुप्पी के बाद कहा।

"बाहर मत आने देना उन्हें। बाहर आते ही सबकुछ ठीक हो जायेगा।"

"तो इसमें बुरा क्या है?"

"मैं अंकिता से प्यार करता हूँ।"

"जानती हूँ, लेकिन पत्नी होने के नाते थोड़ी तो उम्मीद रख ही सकती हूँ।"

"एक बात कहूँ?"

"कहिये?"

"मुझे डाइवोर्स दे दो।"

"मुझसे नहीं होगा।"

"तो एक एहसान कर दो?"

"हम्म!"

"मैं अंकिता को बुला लूँ? तुम पापा से बात कर लो।"

"कोशिश करूँगी।"

रात को खाना खाते समय मेज़ पर एक अजीब सी खामोशी पसरी हुई थी। माधव और उसके पिता आमने-सामने बैठे हुए थे, लेकिन ना उन्होंने कुछ पूछा, ना ही उसने कुछ बताना ज़रूरी समझा। दोनों के ही मन में दंभ था और दोनों ही उसे पार नहीं करना चाहते थे।

रात को माधव देर तक जगा रहा। देर तक खिड़की से बाहर आसमान को ताकता रहा। बचपन में माँ बताती थी कि लोग मरने के बाद तारे बन जाते हैं। वह माँ को ढूँढ़ रहा था। वह उनसे बातें करना चाहता था। उनसे पूछना चाहता था कि क्यों वे उसके साथ नहीं खड़ी रही? क्यों उन्होंने अपनी ममता को उसके

पिता के अहम के आगे ओछा समझा? क्यों उन्होंने अपनी ममता बाँट दी? क्यों उन्होंने उसे नहीं बताया कि उनके पास वक़्त कम बचा हुआ है? लेकिन वह चुप बैठा रहा। सारे सवाल मन में कहीं अटके रहे। इस बीच उसके पिता कई बार उसके कमरे के दरवाज़े तक आये, लेकिन वह उनके होने से अनजान बना रहा।

तिराती के रोज़ माधव और उसके पिता माँ की अस्थियाँ चुनने गये। माँ की अस्थियों को छुआ तो उसे अपने भीतर एक अजीब-सा कंपन महसूस हुआ। लगा इसके बाद माँ के सारे निशान मिट जायेंगे। उसके पिता को भी शायद ऐसा ही महसूस हुआ होगा। इस बीच कई बार उन दोनों की आँखें एक-दूसरे से बात करने को हुईं, लेकिन उनके भीतर के दंभ ने उन्हें रोके रखा। माधव ने देखा उसके पिता की आँखें गीली हो चुकी थीं।

उस रात माधव के पिता उसके कमरे में आये और कहा, "तुम अंकिता को बुला लो। मीरा का भी मन है।" वह एकटक अपने पिता के चेहरे को निहारता रहा। उसने उन्हें पहले कभी इतना बेबस नहीं देखा था। वह जिस इन्सान को अभी अपने सामने देख रहा था, इतने सालों से वह इन्सान कहाँ था? क्यों अब तक वे अपने भीतर की कोमलता को छुपाते आ रहे थे? क्या एक पिता होना अपने भीतर की कोमलता को पुरुषत्व के हलाहल से ढँक देना होता है?

वह उठकर अपने पिता के गले लग जाना चाहता था, लेकिन वह अपनी जगह जड़वत रहा। उसके मुँह से बस "ठीक है" निकला। पिता अपने कमरे में चले गये।

माधव को सिगरेट पीने की इच्छा हुई, सो वह छत पर चला आया। देखा अमर एक तरफ चारपाई बिछाकर सोया हुआ था। वह उसके विपरीत एक कोने में खड़े होकर सिगरेट पीने लगा।

"आप सोये नहीं?" अमर जग चुका था।

"नहीं, नींद नहीं आ रही थी।" अमर उठकर उसके बगल आ खड़ा हुआ।

"पता है, माता जी आपके लिए बहुत रोती थीं।" उसे लगा उसके भीतर कुछ चुभ सा गया हो, वह खामोश रहा।

"माता जी आपसे मिलने की बहुत जिद करती थी, लेकिन पिता जी का तो पता ही है आपको!"

"तुमने या मीरा ने कुछ नहीं कहा पापा से?"

"आप पिता जी को जानते हैं, वे किसी की नहीं सुनते। हम क्या ही कहते?"

"क्यों? मुझसे ज़्यादा तो तुम उनके अपने हो।" माधव की यह बात अमर को चुभ गयी। वह चुप हो गया। माधव उठाकर जाने लगा तो अमर ने उसका हाथ पकड़ते हुए कहा, "भैया, आप मुझसे इतनी नफरत क्यों करते हैं?"

"मालूम नहीं।"

"लेकिन मेरी क्या ग़लती है?"

"यही कि तुम्हारी वजह से मेरा हक बँट गया। मैं दूर हो गया सबसे तुम्हारे कारण।"

माधव तेरह साल का जब उसके छोटे मामा चल बसे थे। वह उनके बहुत करीब था। बड़े मामा से कभी उसका उतना लगाव नहीं रहा था, लेकिन छोटे मामा, वह हमेशा उनके जैसा बनना चाहता था। गर्मी की छुट्टियों में छोटे मामा उसे अपने साथ खेत लेकर जाया करते थे। सबसे मीठे वाले आम छोटे मामा हमेशा उसके लिये रखते थे।

दसवीं बोर्ड के बाद वह कलकत्ता चला गया था। छोटे मामा के पास नहीं जा पाया था। माँ बताती थी कि वहाँ अभी कुछ दिक्क़त चल रही है, इसलिए वह अगली छुट्टियों में वहाँ जायेंगे।

मगर कुछ दिनों बाद खबर आयी कि छोटे मामा नहीं रहें। माँ ने बताया कि वह बहुत दिनों से बीमार चल रहे थे, लेकिन उसने छोटी मामी को बात करते हुए सुना था कि छोटे मामा ने आत्महत्या की थी। बड़े मामा ने सारी ज़मीन अपने नाम करवा ली थी। छोटे मामा के पास कुछ भी नहीं बचा था। छोटे मामा बहुत परेशान रहने लगे थे, और एक रोज़ सुबह खेत में आम के पेड़ से लटके हुए उनकी लाश मिली थी।

कुछ महीनों बाद उसके पिता अमर को घर ले आये थे। अमर उसके पिता के दोस्त का बेटा था। अमर के माता-पिता बस दुर्घटना में गुज़र गये। अमर के सारे रिश्तेदारों ने हाथ पीछे कर लिये थे, फिर माधव के पिता ने उसे गोद ले लिया था। उस समय अमर महज़ सात वर्ष का था। माँ ने कहा था कि वह उसका भाई है, लेकिन भाई शब्द सुनते ही उसे बँटवारा शब्द सुनायी पड़ता। उसे आम का पेड़ और उससे लटकी हुई छोटे मामा की लाश दिखायी पड़ती। छोटी मामी का रोता हुआ चेहरा सामने आ जाता और उनकी बातें उसके कानों में गूँजने लगती, "भैया जी(बड़े मामा) ने सारी ज़मीन छीन ली। कुछ भी नहीं छोड़ा। बहुत परेशान रहते थे यह(छोटे मामा), इसलिए लटक गये और छोड़ गये हमें पीछे रोने के लिए।" उसे अमर से भय महसूस होने लगा था। वह घर से भागना चाहता

था, बहुत दूर.. और जैसे ही उसे मौका मिला, वह दिल्ली भागकर आ गया।

अगले कुछ दिनों तक सभी माँ के काम में व्यस्त रहे। अंकिता भी आ चुकी थी। इस बीच माधव और उसके घर वालों के बीच महज़ काम भर की ही बातें हुई थीं, लेकिन अंकिता से सभी पूरे हक से बातें करने लगे थे। यह शायद माँ का जाना था जो उसे वापस से उसके घर के करीब कर रहा था, लेकिन वह वापस से करीब नहीं आना चाहता था। उसका आखिरी रिश्ता माँ से था और माँ के जाने के बाद वह रिश्ता भी खत्म हो चुका था।

पगड़ी के बाद सारे रिश्तेदार अपने-अपने घर लौट चुके थे। वह भी लौट जाना चाहता था, लेकिन अंकिता की इच्छा थी कि वह कुछ दिन और वहाँ रहे। वह जितना इस बंधन से दूर होना चाह रहा था, अंकिता उसे उतना ही उस बंधन में खींच रही थी।

जिस दिन वे दिल्ली लौट रहे थे, अंकिता उसके पिता से मिलने उनके कमरे में गयी,

"हम लोग निकल रहे हैं अंकल... रात की फ्लाइट है।" अंकिता ने उनके पैर छूते हुए कहा।

"खुश रहो बेटा।... तुम भी अब इस घर का हिस्सा हो, कभी संकोच मत करना।"

"जी।"

"और... माधव से कहना, अब जो भी हो भूल जाये। अपनों के साथ जीवन आसन हो जाता है।"

माधव दरवाज़े पर खड़ा होकर एकटक अपने पिता को निहार रहा था। उसके पिता भी आस से उसकी ओर देख रहे थे। वह उनके पास गया और उनके गले लग गया। उनके गले लगते ही उसे महसूस हुआ कि वह वापस से बच्चा हो गया है जो अपने पिता के कंधे पर बैठकर गाँव की सैर पर जाया करता था। दोनों रो पड़े और तब तक रोते रहे जब तक उनके भीतर का दंभ बाहर नहीं निकल गया। आँसू भले ही हमें कमज़ोर करते हों, लेकिन रिश्तों की गाँठ को बहुत मज़बूत कर देते हैं।

जाते हुए माधव ने मीरा से भी माफ़ी माँगी। मीरा ने उसके गले लगते हुए कहा, "कुछ नामों के नसीब में एक साथ जीना नहीं लिखा होता है।"

जाना… फिर किसी छोर पर

आज तीस जून है। उसके और रोहन के रिश्ते की सातवीं सालगिरह। वह बालकनी में बैठी पिछले सात सालों का एक रिवाइंड टेप अपनी आँखों के आगे चला रही है। इन सात सालों में उसने रोहन के साथ हर चीज़ जीया... दुःख... खुशियाँ, लेकिन उनके बीच जो अडिग रहा, वह था उनके मध्य का प्रेम।

रोहन की डायरी उसकी गोद में है, जिसका बीच का पन्ना खुला हुआ है। एक कविता लिखी हुई है,

"जाना,
तुमसे मिलूँगा उस छोर पर,
जहाँ आसमान का मिलन होता होगा समुद्र से।
जहाँ ज़िन्दगी की कोई बेड़ियाँ,
हमें नहीं जकड़ेंगी,
जहाँ मैं रहूँगा, तुम रहोगी,
जहाँ इश्क़ की खातिर जिस्म नहीं,
रूह की ज़रूरत होती होगी।
तुमसे मिलूँगा उस छोर पर,
जहाँ इश्क़ का खुदा रहता होगा,
जहाँ बैठ मैं देर रात तक,
तुम्हें अपने लिखे अफसाने सुनाऊँगा,
जिसमें सिर्फ़ और सिर्फ़ तुम्हारा ज़िक्र होगा।
तुमसे मिलूँगा उस छोर पर,
जहाँ इश्क़ ज़िन्दगी का गुलाम ना होता होगा,
जहाँ हमें जुदा कर पाना,
खुदा के बस में ना होगा,
जहाँ खुदा भी अपनी खुदी को भूल,
हमारे इश्क़ की दास्ताँ लिखने में मशगूल होगा।

तुमसे मिलूँगा उस छोर पर,

जहाँ आसमान का मिलन होता होगा समुद्र से,

तुमसे मिलूँगा उस छोर पर,

तुमसे मिलूँगा एक रोज़।

रोहन उसे कभी भी नाम से नहीं पुकारता था। वह उसे जाना या फिर बेगम कहकर बुलाता था। उसका रोहन के करीब होना किसी को भी पसंद नहीं आया था। उसे इस बात से कोई फर्क नहीं पड़ता था, लेकिन रोहन बहुत असुरक्षित महसूस करने लग जाता था। वह कहता, "जाना, मुझे डर लगता है, हम दोनों कहीं इस वजह से दूर ना हो जायें!"

वह मुस्कुरा देती। कोई जवाब नहीं देती। वह बहुत खूबसूरत थी। अपने थिएटर ग्रुप की सबसे खूबसूरत अभिनेत्री। उसकी मुलाकात रोहन से थिएटर में ही हुई थी। उन दिनों उनकी वर्कशॉप लक्ष्मी नगर में होती थी। वह मोहन नगर से दो ऑटो बदलकर वैशाली आती और फिर वहाँ से लक्ष्मी नगर।

उस रोज़ रोहन का जन्मदिन था और दुर्भाग्य से रविवार। वर्कशॉप की छुट्टी हुआ करती थी। तब तक वे दोनों सिर्फ़ अच्छे दोस्त थे। उसने सुबह ही रोहन को फ़ोन करके उसके पूरे दिन की व्यस्तता पता कर ली थी। घर पर नाटक की रिहर्सल का बहाना करके वह दस बजे लक्ष्मी नगर पहुँची। हीरा स्वीट्स से रोहन के पसंद का केक लेकर वह उसके कमरे पर चली गयी। मिलते ही उसने उसे जन्मदिन की बधाइयाँ दीं और केक पर मोमबत्ती लगाकर हैप्पी बर्थडे गाना शुरू कर दिया। उसने रोहन की आँखों में आँसू देखे थे। पूछने पर रोहन ने कहा, "आज पहली बार किसी ने मेरे लिए इतना सब किया है।"

वे दोनों पूरे दिन साथ रहे। शाम को रोहन उसे छोड़ने वैशाली मेट्रो स्टेशन तक गया। मेट्रो से निकलकर कुछ देर वे वैशाली फ्लाईओवर पर खड़े रहे, जहाँ रोहन ने उससे कहा था, "मुझे बहुत तकलीफ होती है!"

"किस बात की?"

"यही जो सब मैं करता हूँ, उस बात की।"

"क्या करते हो तुम?"

"मैं लिखता हूँ।"

"तो इसमें तकलीफ कैसी?"

"मैं किसी से कुछ कह नहीं पाता हूँ।"

उसने रोहन की शुष्क आँखें देखी थीं। सूख चुकी आँखों के अपने आँसू होते हैं जो दिखते नहीं, दुखते हैं। उसने कुछ कहा नहीं, बस रोहन को अपने गले से लगा लिया। वे दोनों बहुत देर तक एक-दूसरे के गले लगे रहे। वह बेबाक थी। अपनी भावनाएँ नहीं रोकती थी। सरेआम उन्हें ज़ाहिर कर दिया करती थी।

उसे सिगरेट पीने वाले लोग नहीं पसंद थे। एक बार उसने रोहन को छुपकर सिगरेट पीते हुए देख लिया था और वहीं सरेआम उसके गाल पर एक थप्पड़ जड़ दिया था। बहुत दिनों तक वह किसी से भी बात नहीं करती थी। उसने वर्कशॉप आना भी बंद कर दिया था। उसे झूठ नहीं अच्छा लगता था। वादा का टूटना उसे भीतर तक चोट पहुँचाता था। रोहन ने भी उससे सिगरेट ना पीने का वादा किया था। बाद में रोहन के बहुत मनाने पर वह मान गयी थी, लेकिन इस शर्त पर कि आज के बाद उसने सिगरेट को हाथ लगाया तो वह उससे बहुत दूर चली जायेगी। रोहन ने उसकी आँखों में खुद के लिए प्रेम और फिक्र महसूस किया था।

"मैं तुमसे प्यार करता हूँ।" रोहन ने मैसेज करके उसके आगे अपना पूरा प्रेम ज़ाहिर कर दिया था।

बहुत देर तक उसने उसे कोई जवाब नहीं लिखा। रोहन के "मैं तुमसे प्यार करता हूँ।" मैसेज को छूकर देखती रही। रोहन के भीतर उसके लिए प्रेम को छूती रही और अंत में उसने, "मैं तुमसे, तुमसे भी ज़्यादा प्यार करती हूँ।" कहकर उसने अपना सब अधूरा पूरा कर लिया था।

"तुम्हें याद है जाना,

मैंने एक मुट्ठी तारे तोड़कर,

टाँक दिये थे तुम्हारे आँचल से,

और तुम्हारे मुँह से अनायास ही निकल पड़ा था,

प्रेम।

मैं हर्फ़ दर हर्फ़ आसमान में,

कुछ लिखता रहा,

और मैंने जितनी बार भी कुछ लिखा,

तुम्हारे मुँह से अनायास ही निकलता रहा,

यह पहली कविता थी, जो रोहन ने उसके लिए लिखी थी। बहुत देर तक वह इस कविता के हर हर्फ़ को सुनती रही और मुस्कुराकर बोलती रही, प्रेम।

"तुम्हें पता है, जब भी क्लास में इमेजिनेशन वाली एक्सरसाइज होती है और सर कहते हैं अपनी सबसे पसंदीदा जगह के बारे में सोचो तो मुझे हर बार तुम्हारी बाँहों का ख़याल आता है।" उसने रोहन के बाजू पर सिर रखते हुए कहा।

जवाब में रोहन ने एक बोसा उसके गालों पर रख दिया था। वह मुस्कुराने लगी। शरमाकर थोड़ा और उसके करीब हो गयी। उसने बहुत देर तक रोहन के होंठों के छुअन को अपने गालों पर महसूस किया था।

उसे बारिश बिल्कुल भी पसंद नहीं थी। उसे बदन पर चिपके गीले कपड़ों से चिढ़ हो जाती थी। एक रोज़ जब वह रोहन से मिलने उसके कमरे पर आयी तो उस रोज़ बहुत बारिश हो रही थी। वह भीगते हुए रोहन के कमरे पर पहुँची और चुपचाप बिस्तर पर बैठ गयी। कपड़े गीले हो चुके थे। चिड़चिड़ापन उसके चेहरे पर झलक रहा था और रोहन को वह सबसे ज़्यादा खूबसूरत तभी लगती थी। वह कुछ भी नहीं कहता, बस उसके सामने बैठकर एकटक उसको निहारता

रहता। कभी उसकी आँखों को जो चिड़चिड़ेपन के कारण गीली हो जाती थीं, कभी उसकी नाक को जो गुस्से में सिकुड़ने लगती थी, तो कभी उसके निचले होंठ को जो रोने से ठीक पहले हल्का सा बाहर आ जाता था।

"मैं अक्सर सोचता हूँ कि कितना अधूरा हो जाता हूँ मैं तुम्हारे बगैर। कितनी अधूरी लगती है सुबह, कितनी खाली हो जाती हैं शामें। तुम हर रोज़ मेरे थोड़ा और करीब हो जाती हो और मैं हर रोज़ थोड़ा और पूरा हो जाता हूँ। जाना, जैसे सूरज की तपती धूप से जलती दूब के लिए ज़रूरी है सर्द सुबह की ओस, जैसे भटके दरिया के लिए ज़रूरी है साहिल, जैसे थके मुसाफिर के लिए ज़रूरी है मंज़िल, उसी तरह मेरे लिए ज़रूरी हो तुम। मैं अपने जीवन का सबसे सुन्दर लम्हा तुम्हारे साथ जी रहा हूँ। उफ्फ... कितनी सुन्दर हो तुम और कितना सुन्दर होता है तुम्हें अपने करीब देखना।"

उस रोज़ रोहन के सीने में बहुत तेज़ दर्द उठा था। वह उसके साथ ही थी। हर मुमकिन कोशिश के बाद भी जब दर्द कम नहीं हुआ तो रोहन को अस्पताल ले जाना पड़ा। कुछ जाँच और एक्सरे हुए। डॉक्टर ने कहा, घर के किसी बड़े को बुला लो। मगर रोहन का उसके सिवा वहाँ कोई नहीं था। अम्मा और बाबा तो गाँव में रहते थे। इतनी जल्दी आना मुमकिन नहीं था। वह घबरा गयी। रोने लगी। डॉक्टर ने उसे कुछ भी नहीं बताया, लेकिन उसे अपना एक हिस्सा छूटता हुआ महसूस हुआ।

"तुम कभी मुझे छोड़कर तो नहीं जाओगे ना!"

"कभी नहीं।"

"वादा करो?"

"वादा बेगम।"

"देखो, वादा मत तोड़ना वरना कभी बात नहीं करूँगी।"

रोहन हफ्ते भर तक अस्पताल में रहा। वह सुबह से शाम उसके साथ रहती और फिर शाम को घर लौट जाती। घर लौटने के बाद भी उसे चैन नहीं पड़ता था। पूरा समय सिर्फ़ रोहन के बारे में सोचती रहती थी।

"तुम और मैं, जब ऊब जाते हैं,
इस सख्त दुपहरी की थकान से,
तो प्रेम की एक चादर ओढ़ लेते हैं,

तुम्हारे सिर से मेरे सिर तक,
और छाँव में उगाते हैं,
कुछ नये फूल, पत्ते, रंग और खुशबू।
जब मैं थकने लग जाता हूँ,
बेवजह की इस भागदौड़ में,
तुम थोड़ा सा मुँह बनाकर,
मुझे चिढ़ाने लग जाती हो,
मुझे बड़ा ही सुकून मिलता है।
मैंने कभी छुआ नहीं है तुम्हें,
लेकिन खुद के बहुत करीब,
हमेशा महसूस किया है,
तुम्हारी साँसों को,
वो तुम्हारे माथे की काली बिंदी,
जो अक्सर बेवजह ही,
मेरे बदन के किसी कोने में छिप जाती है,
और तुम उसे ढूँढ़ने की खातिर,
अपने नाखूनों से मेरे बदन पर,
प्रेम गोदने लग जाती हो।
मैं बस तुम्हारे इतने ही करीब रहना चाहता हूँ,
उस प्रेम की चादर से सिर ढाँके,
प्रेम के नये अफसाने लिखना चाहता हूँ,
जिसमें सिर्फ़ बातचीत हो,
तुम्हारी और मेरी,
जिसमें प्रेम का जिक्र हो,
तुम्हारे और मेरे,
जिसमें मेरा बिखरना हो,
हर बार तुम्हारा मुझे सँवारना हो,
तुम्हारा इठलाना हो,

मेरा मुस्कुराना हो,*
एक दूजे के करीब आकर,
हम दोनों का खामोश हो जाना हो।"

वह बैंगलोर जा रही थी एम.बी.ए. करने के लिए। रोहन को उसका जाना बिल्कुल भी अच्छा नहीं लग रहा था और ना ही उसका थिएटर छोड़ना। उसके जाने से एक रोज़ पहले वह उसके साथ थी। एक-दूसरे के बेहद करीब, जब रोहन से उसने पूछा था, "मुझे कब-कब याद करोगे?"

"हर बार, लेकिन सबसे ज्यादा तब जब बारिश होगी। याद करूँगा कैसे भीगी सी मेरे पास आती थी और चिढ़कर चुपचाप बैठी रहती थी। कैसे बारिश का सारा गुस्सा मुझ पर निकालती थी। पता है, तुमने अनजाने में ही कितना मारा है मुझे। गालों पर निशान पड़ जाते थे।"

"अच्छा जी! थप्पड़ के निशान याद हैं तुम्हें और उसके बाद जो ढेर सारा प्यार करती थी, उसके निशान याद नहीं हैं?"

"सब याद है जाना।"

"अच्छा एक बात बताओ? कभी यूँ ही सरप्राइज देने बैंगलोर आ जाओगे?"

"अगर थप्पड़ नहीं मारोगी तो ज़रूर आऊँगा।"

"बोलो न!" उसने बच्चों जैसे ज़िद करते हुए रोहन को दो-तीन थप्पड़ मार दिए।

"देखा फिर मार दिया। बहुत हाथ चलने लग गये हैं तुम्हारे।"

"मुझे मिस मत करना।"

"कोशिश करूँगा।"

"और हाँ, उस गधे डॉक्टर के पास मत जाना। मुझे कुछ बताया नहीं था उसने। और हाँ, अपना ध्यान रखना।"

"सुनो ना बेगम, मत जाओ ना!"

वह रोहन के गले से लिपट गयी। उसने आखिरी बार उसे चूमा और घर को लौट गयी।

बैंगलोर में उसके लिए सबकुछ नया था। नये दोस्त, नया रहन-सहन, व्यस्तता। रोहन से बातें करने के लिए वह बामुश्किल समय निकाल पाती थी।

इमरोज़ की अमृता

रोहन यह बात समझता था, इसलिए उससे इस चीज़ की कोई शिकायत नहीं करता।

"तुम और मैं शायरी हैं एक ग़ज़ल की, अलग-अलग पन्नों पर लिखे हुए। सोचता हूँ, किसी रात यूँ ही चुपके से तुम्हारे वाले पन्ने पर चला आऊँ। नहीं, रहने दो। अच्छा लगता है, यूँ तुमसे दूर रहकर भी तुम्हारे करीब रहना।"

एक रोज़ उसे थिएटर के दोस्त से खबर मिली कि रोहन की तबीयत बहुत बिगड़ गयी है। वह अस्पताल में है। वह अपना सबकुछ छोड़कर रोहन के पास चली आयी थी। अस्पाताल के बिस्तर पर पड़े रोहन को देखकर वह डर गयी थी। वह नास्तिक थी, लेकिन हर समय भगवान से रोहन के लिए प्रार्थना करती रहती थी।

"जाना, ज़िन्दगी भी बड़ी बेरहम निकली। जीने के लिए साँसें मिलीं तो धड़कन छोटी पड़ गयी। खैर, अब जो भी है उसे मान लेना। बस एक वादा करो, मेरे जाने के बाद मेरी एक मुस्कुराती हुई तस्वीर हमेशा अपने पास रखोगी। जहाँ भी रहूँगा देखकर अच्छा लगेगा। और हाँ, थिएटर वापस से शुरू कर दो जाना। अच्छा लगता है तुम्हें मंच पर अभिनय करते हुए देखना।

बेगम, भले यह ज़िन्दगी छोटी पड़ गयी, लेकिन फिर ज़रूर मुलाकात होगी किसी छोर पर, कहीं और।

तुम्हारा और सिर्फ़ तुम्हारा, रोहन।"

बैंगलोर से लौटने के तीन दिन बाद उसने आखिरी बार रोहन की बाँहों पर सिर रखा था। वही जो उसकी सबसे पसंदीदा जगह थी, जो आज भी है। उसने थिएटर वापस से शुरू कर दिया, इस उम्मीद में कि रोहन से मुलाकात ज़रूर होगी, फिर किसी छोर पर... कहीं और।

प्रेम का गोचर

सुबह की चाय के साथ जब राघव ने अखबार खोला तो सीधा दैनिक राशिफल वाले कॉलम को देखने लगा।

आज का तुला राशिफल - स्वास्थ्य, धन-संपत्ति, परिवार, वैवाहिक जीवन, व्यवसाय, प्रेम आदि। लिखा था,

"आपका आकर्षक बर्ताव, दूसरों का ध्यान आपकी तरफ खींचेगा। व्यवसाय करने वाले जातकों के लिए आज का दिन शुभ साबित होगा। रुका हुआ धन मिलने की संभावना है। आज का दिन प्रेम में पड़े लोगों के लिए उचित रहेगा। अपने पार्टनर के साथ अच्छा समय बितायेंगे। आपको अपने पार्टनर से कोई बढ़िया सरप्राइज भी मिल सकता है।

शुभ अंक-3, शुभ रंग-पारदर्शी और गुलाबी, उपाय-अपने प्रेम जीवन को मजबूत बनाने के लिए छोटी कन्याओं को लड्डू बाँटें।"

प्रेम जीवन? लेकिन पिछले छः सालों में राघव की ज़िन्दगी में कोई लड़की टिकी कहाँ थी! पहला ब्रेकअप छः साल पहले कॉलेज खत्म होने के बाद हुआ था। वजह था उसका करियर। वह आगे भी थिएटर करना चाहता था, लेकिन लड़की को कोई एम.बी.ए. किया हुआ सिक्योर्ड जॉब वाला बन्दा चाहिए था। उसके बाद तीन-चार लड़कियों के साथ उसका सो कॉल्ड रिलेशनशिप चला था।

उसी दैनिक राशिफल वाले कॉलम के नीचे एक फ़ोन नंबर लिखा हुआ था किसी ज्योतिषी का। लिखा था, "प्रेम जीवन से जुड़ी समस्याएँ? तुरंत करें फ़ोन। पहला सेशन मुफ्त है।"

अब मुफ्त की चीज़ भला हिंदुस्तान में कोई छोड़ता है क्या! वैसे भी शनिवार था और राघव के वर्कशॉप की छुट्टी होती थी। उसने तुरंत नंबर फ़ोन के कीपैड पर लिखा और मिला दिया।

"नमस्कार, मैं पण्डित गौरी शंकर उपाध्याय आपका स्वागत करता हूँ।" फ़ोन के उठते ही दूसरी तरफ से आवाज़ आयी।

"नमस्कार सर!"

"अपना नाम बतायेंगे?"

"राघव पटेल।"

“अपना जन्म स्थान, समय और तारीख भी बता दें?”

“सर, जन्म स्थान पुपरी, तारीख है 1 नवम्बर 1992 और समय शायद सुबह के तीन बजकर बीस मिनट।”

“जी थोड़ा समय दें।” पण्डित जी इतना बोलकर अपनी गणना में लग गये।

“राघव जी, अपकी तुला राशि है और कन्या लग्न में जन्म हुआ है आपका।”

“जी सर।”

“तो बताइए, क्या प्रश्न है आपका?”

“सर, वह लव लाइफ को लेकर जानना था थोड़ा!”

“अच्छा जी! तो अभी आप किसी के साथ प्रेम सम्बन्ध में हैं?”

“नहीं सर।”

“ठीक है, एक मिनट का समय दें!... देखिये राघव जी, कल कुंभ राशि में बृहस्पति का गोचर शिक्षा, प्रेम और रोमांस के पाँचवे घर में होगा और आपकी पत्रिका के अनुसार कल से ही आपका शुभ समय भी शुरू हो रहा है। जल्द ही आपकी मुलाकात आपके सोलमेट से भी होगी। वैसे आप सोशल मीडिया यूज़ करते हैं?”

“बस काम भर के लिए।”

“आपकी पत्रिका के अनुसार आपकी मुलाकात आपके सोलमेट से किसी सोशल मीडिया प्लेटफार्म पर ही होगी।”

“अच्छा!”

“जी, बाकी आपकी लव लाइफ को स्ट्रोंग बनाने के लिए आपको एक जेमस्टोन बता रहा हूँ, वह पहनिए। यह जेमस्टोन आपको हमारे ज्योतिष केंद्र से ही प्राप्त हो जायेगा मात्र 3600 रुपये में।”

“अच्छा, मैं कुछ समय में बताता हूँ आपको।” इतना बोलकर राघव ने फ़ोन काट दिया।

राघव को उस ज्योतिषी की बात कहीं हद तक ठीक लगी। कुछ डेढ़ महीने पहले ही इन्स्टाग्राम पर उसकी मुलाकात रश्मिका शर्मा नाम की लड़की से हुई थी। रश्मिका श्यामलाल कॉलेज में एकाउंट्स पढ़ाती थी। दोनों के कुछ कॉमन फॉलोवर्स थे तो दोनों ने एक-दूसरे को फॉलो कर लिया था। बात करते-

करते दोनों एक-दूसरे के साथ कमफ़र्टेबल महसूस करने लगे थे और फ़ोन नंबर एक्सचेंज कर लिया।

"कहीं यही तो नहीं?" राघव ने मन में सोचा।

राघव ने तुरंत रश्मिका को मैसेज लिखा, "मैं सोच रहा था कि हम इतने टाइम से टच में हैं, तो क्यों ना मिला जाये?"

मैसेज भेजने के हर दो मिनट बाद राघव फ़ोन की स्क्रीन ऑन करके चेक कर रहा था कि रश्मिका का जवाब आया या नहीं।

"हाँ बिल्कुल यार। कल मिलते हैं।" करीब आधे घण्टे बाद रश्मिका का जवाब आया।

"ओके! कहाँ मिलें?" राघव ने तुरंत लिखा।

"जगह तुम डिसाइड करो।"

"ठीक है फिर, कॉफ़ी हाउस, सीपी, शाम पाँच बजे?"

"डन।"

ज्योतिषी ने बताया था कि बृहस्पति का गोचर कुंभ में कल होगा और रश्मिका ने मिलने के लिए भी कल का दिन ही तय किया है, मतलब बृहस्पति का गोचर उसके लिए प्रेम का गोचर साबित होने वाला था।

दोनों ही उम्र के ऐसे पड़ाव पर थे, जहाँ दोनों को गर्लफ्रेंड-बॉयफ्रेंड से ज़्यादा एक साथी की ज़रूरत थी। रश्मिका का अभी तक सिर्फ़ एक ही प्रेम संबंध रहा था, वह भी स्कूल टाइम में। उसके बाद उसने अपना पूरा ध्यान करियर पर दे दिया था तो इन सब चीजों के लिए उसे कभी समय नहीं मिला।

रश्मिका के घर वाले उसे शादी के लिए फ़ोर्स करते थे, लेकिन वह अरेंज मैरिज नहीं करना चाहती थी। राघव भी अरेंज मैरिज नहीं करना चाहता था। बस यही वजह थी कि उसका कोई भी सम्बन्ध टिकता नहीं था। उसके आज से ज़्यादा कल में जीने वाली सोच से लड़कियाँ घबरा जाती थी।

अगले दिन राघव लड़कों की आदत अनुसार समय से पहले कॉफ़ी हाउस पहुँच गया और रश्मिका समय से आधा घण्टा देर से आयी।

राघव ने लाल रंग की शर्ट और काले रंग की जींस पहन रखी थी। दोनों ही उसके पसंदीदा रंग थे। रश्मिका मैरून रंग की कुर्ती पहनकर आयी थी। बालों को पीछे करके सिर के ऊपर एक बड़ा सा जूड़ा बना रखा था, ताकि उसके झुमकों पर ध्यान दिया जा सके। रश्मिका थोड़ी चबी थी और राघव को हमेशा से ही

चबी लड़कियाँ पसंद आती थीं। वह अपने दोस्तों से कहता भी था, "हड्डियों पर तो वैसे भी कुत्ते मरते हैं।"

जब दोनों मिले तो मुलाकात बहुत औपचारिक हो गयी थी। दोनों ने ही एक-एक कॉफ़ी का ऑर्डर दिया और बोलने के लिये बातें तलाशने लगे।

"वैसे यह जगह अच्छी है न!" राघव ने बात शुरू करने के लिए सिरा पकड़ा।

"हाँ, अच्छी तो है। लेकिन मुझे ऐसी जगह पसंद नहीं आती है। मुझे छोटे-छोटे स्टाल्स ज्यादा पसंद आते हैं।"

"अरे, तो पहले बताना चाहिए था न! यहाँ हनुमान मंदिर के सामने नेता जी की चाय इतनी सॉलिड है।"

"तो कॉफ़ी पीने के बाद चल लेंगे।"

"कॉफ़ी के बाद चाय?"

"क्यों टेस्ट के लिए कभी चाय में कॉफ़ी नहीं मिलायी है?"

"मिलायी है।"

"तो लड़की के सामने एडवांस बन रहे हो!" राघव झेंप गया। उसे हमेशा से ही थोड़ा डोमिनेटिंग साथी चाहिए था। रश्मिका में उसे वह सारे ही लक्षण दिख रहे थे।

नेता जी के यहाँ चाय पीने के बाद दोनों कुछ देर के लिए हनुमान मंदिर के सामने बैठ गये। सांझ का श्याम वर्ण रात के स्याह में घुलने लगा था। मंदिर में संध्या आरती शुरू हो गयी थी।

"रश्मिका, तुम ईश्वर में मानती हो?" राघव ने पूछा।

"हाँ, कभी-कभी। मतलब वैसा कोई विश्वास नहीं है।"

"तुम?" कुछ देर बाद रश्मिका ने पूछा।

"बहुत। मुझे लगता है, बिना ईश्वर के हम सब कहीं न कहीं अधूरे हैं।" राघव ने आँखें मूँदते हुए कहा।

"दीदी, दस रुपये दे दो!" एक छोटी बच्ची रश्मिका के सामने खड़ी थी।

रश्मिका ने उस बच्ची के चेहरे की ओर देखा और अपने पर्स से दस रुपये निकालकर उसे दे दिया। बच्ची चली गयी। रश्मिका उसे जाते हुए देखती रही। उसकी आँखों में उस बच्ची के प्रति ममता झाँकने लगी थी।

"ईश्वर किसी को कितना दे देता है और किसी को कुछ भी नहीं।" रश्मिका ने उस बच्ची को देखते हुए कहा।

राघव मुस्कुरा दिया, "ईश्वर सबको समान देता है।"

"कैसे? उस बच्ची को देख लो और उसके ही जैसे और ना जाने कितने बच्चे हैं, बूढ़े हैं।"

"ईश्वर से बड़ा कर्म होता है और जो कर्म करता है, ईश्वर उसे उस कर्म का फल भी देता है। उस बच्ची को और उसके ही जैसे और भी लोगों को हमेशा से माँगना सिखाया गया है। इसमें ईश्वर का क्या दोष?"

"बात दोष की नहीं है। बात है समानता की। हम समानता क्यों नहीं दे सकते?"

"दे सकते हैं, लेकिन तुम्हारे जैसी सोच वाले कितने लोग होंगे!"

रश्मिका ने इस चीज़ का कोई जवाब नहीं दिया। वह एकटक राघव की ओर देख रही थी।

संध्या आरती खत्म हो चुकी थी। रश्मिका के लौटने का वक़्त हो चुका था। रश्मिका शाहदरा में पीजी लेकर रहती थी। पीजी लौटते समय उसने राघव से कहा, "क्या तुम मेरे साथ शाहदरा तक चलोगे?"

राघव ने बिना दोबारा सोचे हाँ कह दिया। वह ड्राइवर की बगल वाली सीट पर बैठ रहा था तो रश्मिका ने उसे अपने पास पीछे बैठने को कहा। शाहदरा पहुँचने तक दोनों खामोश रहे। कैब में मुकेश साहब का गाना, "चाँद सी महबूबा हो मेरी कब, ऐसा मैंने सोचा था... हाँ तुम बिल्कुल वैसी हो जैसा मैंने सोचा था..." बज रहा था।

कैब से उतरने के बाद राघव ने वापस जाने के लिए दूसरी कैब बुक कर ली।

"कितनी देर में आ रही तुम्हारी कैब?" रश्मिका ने पूछा।

"पाँच मिनट शो हो रहा है।"

"ओके।"

"हम्म।"

"तो... "

"तो?"

“तो हम नेक्स्ट कब मिल रहे हैं?”

“जब तुम्हारी छुट्टी हो।”

“नेक्स्ट सन्डे मिले लंच पर?”

“बिल्कुल।”

लौटते हुए रश्मिका राघव से गले मिली। राघव कैब में बैठ गया और रश्मिका उसे तब तक देखती रही जब तक गाड़ी चौराहे से मुड़ नहीं गयी। कुछ रिश्तों को मुकम्मल होने के लिए मुलाकातों की नहीं परिपक्वता की ज़रूरत होती है।

दोनों की अगली मुलाकात सीपी के तमाशा रेस्टोरेंट में हुई। हफ्ते भर में राघव की दाढ़ी कुछ बढ़ गयी थी। दो हफ्ते बाद उसका एक नाटक श्री राम सेंटर, मण्डी हाउस में होने वाला था। नाटक की तैयारी की व्यस्तता के कारण वह खुद पर ध्यान ही नहीं दे पा रहा था। आज भी रश्मिका से मिलने के चलते उसने अपने नाटक की रिहर्सल सुबह में रखी थी, जो कि अमूमन दोपहर दो बजे से होती थी।

“तुमने अभी तक शादी क्यों नहीं की?” रश्मिका ने पूछा।

“क्योंकि ईश्वर ने मेरी जोड़ी तुम्हारे साथ बनायी है।” राघव ऐसा कहना चाहता था, लेकिन उसने कहा, “कोई मिली नहीं। जो भी लड़कियाँ लाइफ में आयी वो फ्यूचर कमिटमेंट से डरती थी।”

“अच्छा!”

“और यही सवाल मैं तुमसे पूछूँ तो!”

“मुझे अरेंज मैरिज नहीं करनी है।”

“अच्छा! तो कोई अफेयर नहीं?” राघव ने तस्सली के लिए पूछा।

“था स्कूल टाइम में। उसके बाद करियर पर ध्यान देना शुरू कर दिया तो कॉलेज के लड़कों के लिए नर्ड हो गयी। फिर मौका ही नहीं मिला।”

“अच्छा!”

“तुम्हारी रिहर्सल कैसी चल रही है?”

“अच्छी चल रही है। होप सो अच्छा हो सब।”

“ज़रूर होगा।”

“कल तो कॉलेज ऑफ होगा न तुम्हारा? महाशिवरात्रि है।”

“हाँ!”

"तो कल गौरी शंकर मंदिर चलोगी?"

"तुम्हारी रिहर्सल नहीं है?"

"नहीं, बच्चों ने ऑफ ले रखा है।"

"चलो, रात तक बताती हूँ।"

उसके बाद सबकुछ पिछले इतवार जैसा हुआ। दोनों संध्या आरती खत्म होने तक हनुमान मंदिर के सामने बैठे रहे। रश्मिका ने कैब में बैठते हुए राघव से फिर शाहदरा तक साथ चलने के लिए कहा। राघव ने बिना दोबारा सोचे हाँ कह दिया। राघव के वापस कैब में बैठने से पहले रश्मिका फिर से उससे गले मिली। राघव कैब में बैठ गया और रश्मिका कैब को चौराहे पर मुड़ने तक देखती रही।

रश्मिका ने रात को सोने से पहले अगले दिन गौरिशंकर मंदिर चलने के लिए हाँ कह दिया था। राघव ने उसे सुबह सात बजे तक लाल किला मेट्रो पर मिलने को कहा।

अगले दिन राघव साढ़े छः बजे ही मंदिर पहुँच गया। आधे घण्टे इंतज़ार करने के बाद जब उसने रश्मिका को फ़ोन किया तो पता चला कि उसे आने में अभी आधा घण्टा और लगेगा। वह चिढ़ गया। आज महाशिवरात्रि है और मंदिर में सुबह छः बजे से ही भीड़ इकट्ठा होनी शुरू हो गयी थी। जल चढ़ाने के लिए मुश्किल से जगह मिलती। उसने सोच लिया कि आज वह किसी हक से तो ज़रूर ही रश्मिका से यह देर से आने वाली आदत की शिकायत करेगा। लेकिन जब उसने रश्मिका को देखा, उसका सारा गुस्सा पानी हो गया। रश्मिका ने पीले रंग की साड़ी और काले रंग का ब्लाउज पहन रखा था। उसे अपनी माँ की जवानी की एक तस्वीर याद हो आयी। रश्मिका हूबहू वैसी ही दिख रही थी। उसने सोच लिया कि आज उसे महादेव से क्या माँगना था!

"सॉरी... सॉरी... वह रेडी होने में थोड़ा टाइम लग गया।" रश्मिका ने उससे मिलते ही कहा।

"तुम बहुत खूबसूरत लग रही हो।" राघव एकटक उसकी तरफ देखे जा रहा था।

"रियली, थैंक यू!" रश्मिका ने चेहरे पर झूलती लटों को कान के पीछे करते हुए कहा।

राघव ने मंदिर के बाहर से प्रसाद और फूल खरीदा और रश्मिका के साथ अंदर चला गया। अंदर भीड़ बहुत ज्यादा थी। राघव ने किसी तरह जल चढ़ाने

के लिए एक लोटिया का इंतज़ाम किया और रश्मिका से कहा, "तुम पहले जल चढ़ा लो, फिर मैं चढ़ा लूँगा।"

रश्मिका कभी मंदिर नहीं जाती थी और वैसे भी शिवरात्रि वाले दिन भीड़ में जल चढ़ाने का अपना एक टैलेंट होता है, जो कि रश्मिका में नहीं था। राघव ने उसका हाथ पकड़ा और भीड़ में जगह बनाते हुए उसे आगे ले गया। दोनों ने एक साथ बाबा पर जल अर्पित किया था।

मंदिर से निकलने के बाद दोनों बाहर सीढ़ियों पर बैठ गये।

"वैसे राघव शिव जी पर तो दूध भी चढ़ता है, तुम नहीं चढ़ाते?"

"नहीं।"

"क्यों?"

"क्योंकि, वह दूध वेस्ट चला जायेगा। होना यह चाहिए कि वह सारा दूध एक जगह इकट्ठा करके भक्तों में बाँटना चाहिए चरणामृत के रूप में। लेकिन इतना कोई सोचता ही नहीं है, सब बस कुछ ना कुछ माँगने की होड़ में रहते हैं।"

"अच्छा, तो तुमने क्या माँगा?"

"पूरा होने से पहले बताते नहीं है।... वैसे मैं कुछ लाया था तुम्हारे लिए।"

राघव ने अपने कुर्ते की जेब से एक गिफ्ट रैप निकाला और रश्मिका की ओर बढ़ाते हुए कहा, "खोलो इसे।"

"गणेश की मूर्ति!" रश्मिका ने गिफ्ट रैप खोलते हुए कहा।

"हम्म! लाइफ में जब भी लो फील हो, इनसे कह देना। सब ठीक हो जाता है।"

रश्मिका ने मुस्कुराते हुए वह गिफ्ट अपने पर्स में रख लिया। दोनों के शब्द चुप थे, लेकिन उस चुप्पी में पनपते प्रेम की खनखनाहट दोनों ने सुनी थी।

"अच्छा, चलो कुछ नाश्ता करते हैं, बहुत भूख लग रही है।" रश्मिका ने कहा।

"आज फ़ास्ट है मेरा।"

"ओहह! तो बताया क्यों नहीं? मैं कुछ फ्रूट्स ले आती तुम्हारे लिए।"

"अरे मैं शाम को ही खाऊँगा अब सीधा।"

"अच्छा, चाय पीने तो चल सकते हैं?"

चाय पीने के बाद दोनों यूँ ही चाँदनी चौक की संकरी गलियों में घूमते रहे।

दोनों बेपरवाह हो गये थे, जैसे नये-नये रिलेशनशिप में अक्सर लड़के-लड़कियाँ हो जाते हैं। रश्मिका राघव की बाँह पकड़े चल रही थी और राघव उसके चेहरे पर बिखरती लटों को सुलझा देता था।

दोपहर को लौटते समय रश्मिका ने राघव से कहा, "मैं भी चलूँ तुम्हारे साथ? तुम्हारे फ़ास्ट के लिए मखाने की खीर बना दूँगी।"

"ठीक है।"

राघव ने अपने फ्लैट तक के लिए कैब बुक की। पूरे रास्ते रश्मिका ने राघव के कंधे पर अपना सिर टिकाये रखा। दोनों फिर खामोश हो गये थे और गाड़ी में किशोर कुमार का गाना, "दिल क्या करे जब किसी को... किसी से प्यार हो जाये... " बज रहा था।

अकेलापन

अजीब सी बेचैनी है। अजीब सा दुःख है। सबकुछ भारी सा लगने लगा है। लगता है जैसे यही अंत है, और शायद है भी। मैं मरना चाहता हूँ। हाँ, मैं मरना चाहता हूँ।

वजह? कुछ खास नहीं, बस तंग आ गया हूँ अपनी इस रोज़मर्रा की ज़िन्दगी से। एक ही तरीके की ज़िन्दगी जीते-जीते मन उकता सा गया है। वही रोज़ सुबह आठ से नौ के बीच में उठना, उठते ही फ़ोन देखना, उसके मैसेज की उम्मीद करना।

वह? निशा नाम है उसका। हम दोनों पिछले छः सालों से एक-दूसरे से प्यार करते थे। लेकिन कल उसकी शादी हो रही है, किसी और के साथ। बड़ी धोखेबाज़ लड़की निकली। एक बार भी अपने बाप से नहीं कह पायी कि मुझसे प्यार करती है। खैर, उसकी भी कोई मजबूरी रही होगी। क्या ही करती बेचारी? हम दोनों अलग जाति के थे। वह ब्राह्मण थी और मैं छोटी जाति।

पता है, दो महीने पहले जब आखिरी बार वह मुझसे मिलने आयी थी, तो मेरे से लिपटकर रोने लगी। मैंने कहा, चल भाग चलते हैं, तो कहने लगी, पापा को बहुत चोट पहुँचेगी... फलाना... ढिमका... यह... वह। उसे अपने बाप के दुःख की चिंता थी, लेकिन मेरे दुख की कोई फिक्र नहीं। खैर इसमें भी कोई मजबूरी ही रही होगी।

उसके चक्कर में सुबह छः बजे उठना शुरू कर दिया था। रिलेशनशिप में आने की शर्त थी कि पहला गुड मोर्निंग का मैसेज मेरी तरफ से जायेगा। चलो यह भी ठीक है। इश्क़ में लोग क्या कुछ नहीं करते! वैसे उसके जाने के बाद भी कुछ खास बदला नहीं है। बस हाँ, उठना थोड़ा देर से हो गया है और फ़ोन ऑन करूँ तो गुड मोर्निंग का मैसेज भेजने के लिए अब कोई कांटेक्ट नहीं है।

एक बड़ी अजीब सी चीज़ हो गयी है। आस्तिक हो गया हूँ। उसके जाने के बाद ईश्वर में हद से ज़्यादा भरोसा हो गया है। हर रोज़ मंदिर जाना शुरू कर दिया है। वैसे देखा जाये तो बड़ी विचित्र सी बात है यह। हाँ, थोड़ा-बहुत स्वार्थ तो है, लेकिन ठीक है कल के बाद वह स्वार्थ भी ख़त्म हो जायेगा और मैं भी।

पता है... उसे पोहे बहुत पसंद थे। उसके चक्कर में पोहे बनाने सीखे थे मैंने। होता क्या था, हम रोज़ सुबह मेट्रो पर मिलते, फिर साथ ब्रेकफास्ट में पोहे और

चाय लेते, फिर वह अपने ऑफिस और मैं अपने ऑफिस। बड़ी पागल लड़की थी। मेरे चक्कर में चाय पीनी शुरू कर दी थी उसने। अपनी डाइटिंग छोड़कर मेरी तरफ फूडी हो गयी थी। लेकिन कुछ भी कहो, बहुत खूबसूरत है वह। अभी भी कभी-कभी चुपके से उसकी डीपी देख लेता हूँ। अब बस शायद इतना ही हक बचा है।

काम? कुछ खास नहीं। एक कम्पनी में टीम मैनेजमेंट देखता हूँ। कुछ सालों पहले भूत सवार हुआ था पैशन फॉलो करने का, लेकिन घर से ऐसी टूटी की जॉब करनी पड़ गयी। वह हर फैसले में साथ खड़ी रही। जाने इतने बड़े फैसले में कैसे हाथ पीछे खींच लिया! बड़ा अकेलापन-सा महसूस होने लगा है।

दोस्त? नहीं मेरे दोस्त नहीं रहे कभी। बहुत कोशिश की, लेकिन कभी उस तरह से किसी से दोस्ती ही नहीं हो पायी कि रात को रोने का मन करे तो किसी को फ़ोन कर लूँ। कुछ एक दोस्त थे कॉलेज टाइम पर, अब तो साले अपनी लाइफ में इतने बिजी हैं कि फ़ोन उठाना तक ज़रूरी नहीं समझते।

निशा के जाने के बाद एक लड़की से बात शुरू हुई थी। महीने भर के अन्दर ही फिजिकल वगैरह सब हो गया था हमारे बीच। लेकिन फिर वह शादी-वादी के लिए कहने लगी। इतनी जल्दी शादी कौन करता है! निशा की भी यही प्रॉब्लम थी। वह भी पिछले एक साल से शादी के लिए फ़ोर्स करने लगी थी। मैंने समझाया, कि अभी एक दो साल थोड़ा वेट करते हैं, उसके बाद सोचेंगे शादी का। लेकिन सुनती ही नहीं थी। फिर झगड़ा बहुत होने लगा था और एक टाइम के बाद उसने इस बारे में बात करनी बंद कर दी। और एक रोज़ बात की भी तो यह बताने के लिए कि उसकी शादी हो रही है।

घर से अच्छे सम्बन्ध नहीं हैं। पापा को कोई मतलब नहीं है क्या कर रहा हूँ, नहीं कर रहा हूँ। माँ तो छः साल पहले ही गुज़र चुकी थी। एक बड़ा भाई है, वह अपने परिवार में बिजी है। मतलब कहूँ तो ख़याल करने वाला कोई है नहीं। ठीक है, इस बात का तो कभी दुःख नहीं हुआ उतना, उसके जाने का बड़ा हुआ है। इसलिए मरना चाहता हूँ।

बात सिर्फ़ उसकी नहीं है और भी बहुत सारी चीजें हैं। जॉब से खुश नहीं हूँ। पैशन फॉलो करना चाहता हूँ। रोज़ की चिकचिक। यह... वह। बड़ा उकता सा जाता है मन। सुबह अगर फ्रेश होते टाइम सिगरेट नहीं मिलती तो उसका भी दुःख होने लगता है कि आखिर मेरे साथ ही क्यों होता है यह सब। बहुत दिक्कतें हैं।

पैशन? कुछ खास नहीं। बस थोड़ा-बहुत लिख लेता हूँ।

हाँ-हाँ बिल्कुल, अभी कुछ टाइम पहले ही एक कविता लिखी थी। वह सुनाता हूँ:

"जो इस शहर की गलियों से

मैं गुज़रता हूँ

तो देखता हूँ कि इस शहर की हर गली संकरी है

हर गली में दुकानें हैं

जहाँ बिकते हैं ग़म।

कितनी भीड़ है इस शहर में

कितने उदास चेहरे हैं

उन चेहरों में

मैं अपना चेहरा ढूँढ़ता हूँ

जो हो चुका है

अब बहुत उदास।

लोग पूछते हैं

मेरा ग़म

और करते हैं सौदा

थोड़े आँसू के बदले

मैं देखता हूँ

कितने मतलबी हैं लोग

कितना मतलबी है यह शहर!

आपको अच्छी लगी?

धन्यवाद। खैर, जो भी था मैंने सब आपको बता दिया है। मैं बस चाहता हूँ कि आप मुझे नींद की गोलियाँ दे दे, ताकि मैं आज आखिरी रात सुकून से सो सकूँ।

क्या मतलब आप नहीं दे सकते? आप डॉक्टर हैं, मैं आपके पास अपनी प्रॉब्लम लेकर आया हूँ। आपको उसे सोल्व करना चाहिए।

कोई बात नहीं। आखिरी रात भी सुकून से सोने को नहीं मिलेगी। चलता हूँ। फिर तो अब मुलाकात नहीं होगी। टाटा, बाय-बाय, खुदाहाफिज़।

बेटा, जवान हो रहा है

दोपहर को सोनू ने देखा कि अम्मा और माँ छत वाले कमरे में सो रही हैं। वह जल्दी से बाथरूम में गया और कपड़े उतारकर बाल्टी का पानी जग से अपने ऊपर डालने लगा। उसने अपने जाँघिये में कुछ हरकत महसूस की। उसने हल्के हाथों से जाँघिये के ऊपर सहलाना शुरू किया और कुछ ही देर में सफ़ेद फव्वारे उसके जाँघिये के इर्द-गिर्द फैल गये।

ब्लैकबोर्ड पर कृष्णमोहन सर फीमेल रिप्रोडक्टिव सिस्टम की तस्वीर बनाकर बच्चों को उसके बारे में पढ़ा रहे थे, जब अंशु ने धीरे से सोनू के कान में कहा, "कल मैंने एक लड़की को बिना कपड़ों के देखा था।"

"कहाँ?" सोनू ने धीरे से उत्सुकता भरे स्वर में पूछा।

"विडियो में!"

"कैसी विडियो?"

"आज शाम को घर आओगे? तुम्हें भी दिखाऊँगा।"

"ठीक है!"

शाम को सोनू चार बजे अंशु के घर पहुँच गया। द्वार पर पहुँचते ही उसने अंशु को आवाज़ लगायी। अंशु अपनी साइकिल लिये बाहर निकला और सोनू के साथ बाज़ार समिति की तरफ चल दिया। बाज़ार समिति पहुँचते ही दोनों एक पेड़ के सहारे अपनी साइकिल खड़ी करके वहीं बैठ गये। अंशु ने अपनी जेब से फ़ोन निकाला और शर्ट की ऊपरी जेब में पड़ी दो जीबी की चिप उसमें लगाने लगा। चिप के लगते ही एक नया फोल्डर फ़ोन में दिखने लगा था। उसके भीतर कुछ दस फोल्डर थे जिसमें वह सारी वीडियोज़ पड़ी थी, जो अंशु सोनू को दिखाने के लिए लाया था।

वीडियोज़ शुरू होने के बाद सोनू को अपने अंदर कुछ अजीब सा महसूस हुआ। उसके माथे पर पसीने रेंगने लगे थे। लौटते हुए सोनू ने अंशु से कहा,

"तुम यह चिप मुझे एक दिन के लिए दोगे?"

"लेकिन तुम्हारे पास फ़ोन कहाँ है?"

"रात को मम्मी के फ़ोन में लगा लूँगा।"

"पकड़े तो नहीं जाओगे?"

“नहीं-नहीं।”

“पक्का!”

“हाँ।”

अंशु ने सोनू को चिप दे दी। सोनू ने घर पहुँचकर उस चिप को एक काग़ज़ में लपेटा और साइंस वाली किताब के बीच में रख दिया।

रात को सोते समय सोनू अलार्म का बोलकर मम्मी का फ़ोन अपने साथ ले आया। अम्मा के सोने के बाद उसने फ़ोन में चिप लगायी और चादर के भीतर घुसकर वीडियोज़ देखने लगा। उसे अपने जाँघिये में कुछ हरकत महसूस हुई। कुछ गीला-गीला सा। वह शरमा गया।

सुबह चिप लौटाते समय उसने अंशु को रात की बात बतायी। अंशु मुस्कुराने लगा और बोला, “मुझे तो ऐसा रोज़ होता है। वैसे आज घर आओगे तो एक और चीज़ दिखाऊँगा।”

“क्या चीज़?”

“घर आओ, फिर बताऊँगा।”

“ठीक है।”

“तीन बजे तक, देर मत करना।”

“ठीक है।”

सोनू पौने तीन बजे ही अंशु के घर पहुँच गया। अंशु उसे लेकर छत पर गया और दोनों एक ओर छुपकर सामने वाले मकान के आँगन में झाँकने लगे। कुछ देर बाद एक लड़की वहाँ आयी और अपने कपड़े उतारकर बाल्टी से पानी अपनी देह पर डालने लगी। सोनू की आँखें बड़ी होने लगी थीं। वह उस लड़की के बदन पर रिसते पानी को छूना चाहता था। उसने देखा अंशु एकटक उस लड़की की छाती की तरफ देख रहा है। उसे ईर्ष्या महसूस होने लगी। उसने अंशु को पीछे की ओर झटक दिया। लड़की घबरा गयी। उसे महसूस हो गया कि कोई छुपकर उसे देख रहा था। उसने रस्सी पर टंगे दुपट्टे से अपना बदन ढँका और भीतर भाग गयी।

उस रात वह लड़की सोनू के सपने में आयी। सफ़ेद दुपट्टा लपेटे हुए। टीवी पर सोनू ने ‘राम तेरी गंगा मैली’ फिल्म का एक गाना देखा था, जिसमें मन्दाकिनी सिर्फ़ एक सफ़ेद साड़ी लपेटे गा रही होती है, “कोहरे की चादर लपेटे हूँ... पानी में खुद को समेटे हूँ... बाँहों के घेरे में, मन के बसेरे में... आ जा रे!”...

वह लड़की सोनू को भी इसी तरह अपने पास बुला रही थी। उसके बाद सबकुछ वैसा ही हुआ जैसा अंशु के दिखाये हुए वीडियोज़ में हुआ था। सोनू को अपनी पैंट में कुछ गीलापन सा महसूस हुआ। उसकी आँखें खुल गयीं। वह बिस्तर से उठा और अपनी पैंट साफ़ करके वापस बिस्तर पर आकर लेट गया। उसके बाद रात भर सोनू सो नहीं पाया। उसे अपने भीतर एक अजीब सा बदलाव महसूस होने लगा था।

दुर्गा पूजा की छुट्टियों में सोनू अपनी माँ के साथ नानी के घर चला गया। सोनू के ममेरे भाई सुबोध भईया सोनू से छः साल बड़े थे। नानी के घर जाने के बाद सोनू उन्हीं के कमरे में सोता था। एक रात जब सोनू सोया हुआ था तो हल्की सी रौशनी उसकी आँखों पर पड़ रही थी। उसने आँखें खोली तो देखा तो सुबोध भईया फ़ोन की रौशनी में कोई किताब पढ़ रहे थे। सोनू को हरकत करते हुए देखते ही उन्होंने किताब बंद करके बगल रख दी।

सुबह जब सुबोध भईया बाहर गये तो सोनू ने चुपके से वह किताब निकाली और उसके पन्ने पलटने लगा। उन पन्नों पर अर्धनग्न लड़कियों की तस्वीर छपी हुई थी। उसने वह किताब चुराकर अपने बैग में रख लिया।

स्कूल खुलने के बाद एक रोज़ मेघा ने उससे साइंस के नोट्स माँगे। मेघा उसके साथ कक्षा एक से पढ़ती थी। दोनों अच्छे दोस्त थे। मेघा को जब भी पढ़ाई में मदद चाहिए होती थी वह सोनू के पास आ जाती थी। सोनू ने उसे शाम के पाँच बजे घर बुलाया। अम्मा वाले कमरे में दोनों बैठे थे जब सोनू के बैग में मेघा ने वह किताब देख ली थी। सोनू ने छिपाना चाहा तो मेघा ने उससे वह किताब छीन ली।

"छी... तुम यह सब पढ़ते हो?"

"न... नहीं... मेरा नहीं है।" सोनू ने डरते हुए कहा।

"आंटी को बता दूँ?"

"नहीं, प्लीज़ मत बताना।"

"नहीं, मैं सबको बता दूँगी कि सोनू गन्दा लड़का है, गन्दी किताबें पढ़ता है।"

"यह किताब मेरी नहीं है। सुबोध भईया की है।"

"उन्होंने तुम्हें दी?"

"नहीं, मैंने चुरायी थी।" सोनू रुआँसा हो गया।

“तुम गंदे लड़के हो गये हो।”

“नहीं, ऐसा नहीं है। प्लीज़ किसी से कुछ मत कहना। तुम जो बोलोगी, मैं वह करूँगा।”

“प्रॉमिस?”

“प्रॉमिस।”

“ठीक है फिर, अबसे मेरे सारे होमवर्क तुम करोगे।”

“ठीक है।”

अगले दिन स्कूल में सोनू ने मेघा वाली बात अंशु को बतायी।

“अबे तुम बेवकूफ हो। वह तुम्हें सीधा लाइन दे रही थी और तुम समझे नहीं।” अंशु ने मुस्कुराते हुए कहा।

“कैसी लाइन?”

“वह तो खुद पता करो बेटा... कैसी लाइन!”

लाइन वाली बात सोनू के मन में बैठ गयी। रिसेस में वह मेघा के पास गया और बोला, “आज मैथ्स का होमवर्क साथ में करें? आओगी?”

“मेरा होमवर्क तो तुम करोगे, मैं तो बस आऊँगी।”

“कब तक आओगी?”

“चार बजे तक।”

“नहीं, तीन बजे ही आना। उस टाइम अम्मा और मम्मी सोती रहती हैं।”

“मतलब?”

“मतलब, डिस्टर्ब नहीं होगा।”

मेघा ने हाँ कह दिया।

दोपहर को जब वह पहुँची तो सोनू के आगे अपनी मैथ्स की नोटबुक रखकर खुद आराम से पाल्थी मारकर बिस्तर पर बैठ गयी। सोनू ने नोटबुक एक तरफ किया और मेघा के सामने बैठकर बोला, “मुझे कुछ पूछना है?”

“हाँ, पूछो!”

“तुमने मम्मी को वह किताब वाली बात क्यों नहीं बतायी?”

“अगर बता देती तो तुम आंटी से अलग पिटते और अंकल से अलग।”

“यही बात है या कुछ और?”

“कुछ और क्या होगी ?”

“मेघा ?”

“हम्म !”

“मुझे तुम्हें वैसे देखना है, जैसे उस किताब में लड़कियाँ थीं ।”

“मतलब ? तुम कहना क्या चाहते हो ?”

“मतलब, मुझे तुम्हें बिना कपड़ों के देखना है ।”

“तुम पागल हो गये हो सोनू ? क्या बोल रहे हो ?”

“सच बोल रहा हूँ । मैं जानता हूँ तुमने इसीलिए मम्मी से भी कुछ नहीं कहा, क्योंकि तुम्हारे मन में भी चोर है ।”

“तुम्हारा दिमाग गन्दी किताब पढ़ते-पढ़ते गन्दा हो गया है । मैं सबको बता दूँगी अब ।” मेघा जाने के लिए उठने लगी ।

“मेघा, सुनो तो !” इतना बोलकर सोनू ने उसे अपनी ओर खींच लिया और उसकी देह पर इधर-उधर हाथ फेरने लगा । मेघा ने विरोध किया तो उसने पकड़ और मजबूत कर दी । मेघा ने एक बार फिर से जोर लगाया और खुद को सोनू ने अलग कर दिया । वह भागते हुए उसके घर से बाहर निकल गयी । सोनू बिस्तर पर औंधा लेटा रहा । उसे कुछ गर्मी सी महसूस हुई । वह उठकर बाथरूम में गया और कपड़े उतारकर पानी अपनी देह पर डालने लगा । उसे अपने जाँचिये में कुछ हरकत महसूस हुई । उसने अपने जाँचिये को हल्के हाथों से सहलाना शुरू किया और कुछ ही देर में सफ़ेद फव्वारे उसके जाँचिये के इर्द-गिर्द फैल गये ।

अगली सुबह जब उसकी आँख खुली तो उसे अपने गाल पर दर्द महसूस हुआ । उसने आईने में चेहरा देखा तो पाया गाल पर एक मुँहासा निकल आया है । उसने मम्मी को दिखाया तो मम्मी ने कहा, “स्कूल से आ, फिर जाकर सुधीर अंकल से दवाई ले लेना ।”

शाम को क्लिनिक पर उसका चेहरा देखकर सुधीर अंकल ने मुस्कुराते हुए कहा, “बेटा, जवान हो रहा है ।”

www.ingramcontent.com/pod-product-compliance
Lightning Source LLC
Chambersburg PA
CBHW020744160726
47993CB00006B/2613